U0523796

舒乙文集

舒 乙 /著
李劬南 /编

生命在案头

北京出版集团
北京出版社

图书在版编目（CIP）数据

生命在案头 / 舒乙著；李劭南编. — 北京：北京出版社，2023.2
（舒乙文集）
ISBN 978-7-200-14840-4

Ⅰ. ①生… Ⅱ. ①舒… ②李… Ⅲ. ①散文集—中国—当代 Ⅳ. ①I267

中国版本图书馆 CIP 数据核字（2019）第 066077 号

舒乙文集
生命在案头
SHENGMING ZAI ANTOU
舒乙 著　李劭南 编

出　　版	北京出版集团 北 京 出 版 社
地　　址	北京北三环中路 6 号
邮　　编	100120
网　　址	www.bph.com.cn
总 发 行	北京出版集团
印　　刷	北京华联印刷有限公司
经　　销	新华书店
开　　本	880 毫米 × 1230 毫米　1/32
印　　张	9.875
字　　数	180 千字
版　　次	2023 年 2 月第 1 版
印　　次	2023 年 2 月第 1 次印刷
书　　号	ISBN 978-7-200-14840-4
定　　价	68.00 元

如有印装质量问题，由本社负责调换
质量监督电话　010-58572393

目　录

茅盾不朽：献给茅盾百年诞辰……………［ 1 ］
茅盾先生的"批注"………………………［ 3 ］
向您九鞠躬，曹禺先生……………………［ 6 ］
许地山与老舍的友谊………………………［ 9 ］
萧红的另一半骨灰何在……………………［ 11 ］
为许地山先生上坟…………………………［ 14 ］
诗人的匕首和子弹…………………………［ 18 ］
刘半农的墓…………………………………［ 22 ］
赵家璧的两个高峰…………………………［ 25 ］
巴金的三件大事……………………………［ 34 ］
巴金终生的追求……………………………［ 42 ］
梦和泪………………………………………［ 46 ］
冰心旧居寻访记……………………………［ 56 ］
真人…………………………………………［ 60 ］
对"雅舍"的记忆…………………………［ 79 ］
台静农先生二三事…………………………［ 85 ］

忆萧乾先生……………………………［ 93 ］
一位可敬可爱的人……………………［102］
热的书·热的人………………………［107］
躲在书后面的孙犁……………………［119］
一个可爱的大作家——汪曾祺………［124］
我的朋友庄因…………………………［129］
齐白石和老舍、胡絜青………………［132］
傅抱石赠老舍《桐荫图》……………［140］
胡先生的画……………………………［143］
人艺十二现象…………………………［164］
大艺术家于是之………………………［172］
最伟大的龙套…………………………［177］
戏，曾是她的生命……………………［181］
交叉点上的人…………………………［186］
高大的"小丁"………………………［197］
李滨声大哥……………………………［199］
宗月大师………………………………［202］
寂寞的爱山人凌叔华…………………［214］
北京"二金"…………………………［225］
哭任宝贤………………………………［234］
何容……………………………………［239］
老师齐申柯……………………………［246］
大写的人………………………………［251］

作家画家高莽……………………………[255]
我眼中的写家梁凤仪……………………[258]
访百岁老作家苏雪林……………………[263]
周仲铮：人生如圆………………………[267]
跨越半个世纪的友情……………………[278]
家在语堂先生院中………………………[287]
文化名人故居拆不得……………………[293]
在京文学家、艺术家的墓地……………[296]

茅盾不朽：献给茅盾百年诞辰

茅盾在20世纪中国文学史上占有崇高地位。他的名字和鲁迅、郭沫若并列，他是中国无产阶级革命文学的三大旗手之一。

茅盾是中国共产党最早的成员之一，1921年参加过中共一大的筹备工作。1926年参加国民党二大，并任改组后的国民党中宣部秘书。第二次国共合作时，他到重庆、到新疆、到延安。新中国成立后，他首任文化部部长。茅盾的一生是一个坚定而热情的革命者的一生，本身有强烈的传奇性。

茅盾是"文学研究会"创始人和主要领导人之一，是改版的《小说月报》主编，是"左联"的主要领袖之一。这些实践使他从1921年开始便成为中国新文学运动的主帅之一。这无可争议的文学领袖地位一直延续到他生命的最后一刻。他发表了大量文学评论，事实上成为新中国年轻一代文学工作者当之无愧的导师。

通过茅盾的文学道路，人们清楚地看到了一条紧密结合时代、反映时代的创作道路。茅盾始终关注的是国家民族的发展和人民的命运，茅盾先生不愧是描写中国革命的第一人。他的这条创作道路负有很强的历史使命感，和那些"玩文学"的虚无、轻浮、惶惑形成了鲜明强烈的对比。在对比中，人们倍感茅盾创作道路的可贵和亲切及其巨大现实意义。不论是在繁荣文学创作上，还是在加强精神文明建设上，今天，它都有重要的指引作用和借鉴作用。

茅盾是112部作品的著者，还是28部外国作品的译者。他的代表作有长篇小说《虹》《子夜》《腐蚀》《霜叶红似二月花》，短篇小说《春蚕》、《林家铺子》以及长篇文学回忆录《我走过的道路》。20世纪中国的最大特点便是革命，而表现中国革命的文学作品的最优秀代表便是茅盾的长篇小说。

从革命实践、文学组织活动、文学创作三个方面，都可以清楚地看出，茅盾是中国革命文学的伟大作家。在他和他的作品身上都可以浏览到中国革命的鲜明轨迹，而这，便是价值无穷的遗产。

茅盾，因此而不朽。

1996年

茅盾先生的"批注"

茅盾先生在中国现当代文学史上的又一个重大贡献,最近几年才被披露出来,就是他对当代文学作品做过系统批注。

文学批注本来是中国古典文学里的专项和强项,金圣叹和脂砚斋的名字及批注,不仅和几大中国古典名著的名字紧紧连在一起,而且构筑了极富特色的文学现象,历来受到广泛的关注。可惜,这个优良传统在中国现当代文学史中没有得到继承。茅盾先生的批注,惊人而意外地接续了这个传统。

茅盾先生,因而,成了中国最后一位文学批注大师。

从这个意义上说,茅盾是最具有传统色彩的中国当代作家。

前几年,茅盾之子韦韬先生献出一批茅公眉批过的文学作品给茅盾故居纪念馆保存,共有40余种。这批珍贵的眉批本于1991年3月在茅盾故居纪念馆举办的茅盾逝世十周年纪念座谈会上首次展出，受到与会作家们的高度称赞，大家一致惊叹：这是一批宝！

这批宝，有好多特点，令人又惊又喜，拍案叫绝：

一是数量大，涉及的著作数量大，所做的批注数量也大。

二是真敢说，褒贬分明，当夸则夸，诸如"有气势""相当丰富""也好""俊逸""诙谐""豪迈""清新""气魄大""有浪漫精神"。当批则批，诸如"不精练""有点声嘶力竭""败笔""不雄壮，不高亢，且不押韵""不及前二章""比喻拙"，说真话，心口如一，绝对坦率，态度鲜明，一针见血，有棱有角，全是干货。

三是心细之至，真是逐字逐句把关，甚至对同一作品的不同版本中的微小差异都有批注，指出这一句或那一句在某个版本是不是这么写的。

四是能从文学本身出发，不管作者和作品的名气如何，就事论事，实话实说，全是为了把这部作品写得更完美。

五是有主张，有建议，有方案，一方面指出毛病之所在，以为"可省""可删""可改"，另一方面又摆出修改的方案，指出改进的路，有时干脆动手改过来，但却一定谦虚地写上一句："这么改如何？"

六是有总评价，爱在卷头写总评语，它们是定性定量的，非常像批改作文，几乎就差具体打分了，有的总评语写得很详尽，颇似评论文章的提纲，包括好坏的总评估，类别的界定，句法的特点，形式的特点，有何价值，有何创新。

七是有导读性和解读性批注，这类批注既是写作技巧剖析，又是阅读入门指导，可以界定为写作指南和题解、赏析、注释的混合物，如果说茅公批注的上述前六个特点是针对作家的，那么这第七个特点则是献给读者和广大青年写作者的，这也是茅公批注的双重价值之所在，很了不起。

茅盾先生的批注实在高明，厉害，新颖，有用。

茅盾先生创造了文学批注的新模式。"茅盾式批注"将作为一种完美的批注模式载入文学史册。

茅盾批注的披露极大地丰富了茅盾文学生涯里中晚期的实际内容，填补了一段空白，对研究茅盾文学思想也提供了丰富的原始资料。

纵观茅公的批注，人们产生巨大的惊讶是自然的和必然的。他这么精细地批注，得花费多少时间！他写这些批注的时间大约都在50年代末和60年代初，那时他是文化部部长啊。

相信，从这些批注里，人们会深深感悟到茅盾先生文品和人品的伟大。它们像一粒粒小珍珠，一颗颗小钻石，闪着耀眼的光芒，永远装点着这伟大文学导师的光辉桂冠。

（《中国现当代文学茅盾眉批本文库》序，
中国国际文化出版社1996年版）

向您九鞠躬,曹禺先生

曹禺先生追悼会之后,过了一个月,李玉茹夫人为曹禺先生又举行了一次念经会,在北京广济寺里。

念经会实际分为上下两段,上段是世俗的,下段是宗教的。这种刻意的安排很别致,很周到,很好。

我有幸受玉茹夫人之邀,出席了这次念经会,还主持了上段的追思活动。这样的纪念活动是家庭式的,人数不多,参加的只限于家人和少数的被特邀的朋友。

上段活动和下段活动分别在两个不同的殿里举行,上段在后殿,主坛坐西朝东,西墙上悬挂曹禺先生遗像;下段在前殿,即大雄殿,那里是供奉三世佛的地方。

在后殿举行的那段世俗的追思活动,形式自便,并无一定之规,可以在遗像前献花、默哀、鞠躬,也可以即席讲演、说话、交谈。作为开场,和尚们吹奏了法乐,随后退席,留下家人和友人自己活动,时间大约一刻钟。过后,大家列队,由一名和尚引导,来到前殿,那里早有众多的和尚和居士披着袈裟列队等候,然后由主事和尚率领,严格按庙里的佛事规矩,诵经念佛,超度亡灵,并向三世佛顶礼膜拜,时间大约一小时。

整个过程,青烟缭绕,乐声大作,诵歌嘹亮,和声高亢回荡,极为悦耳。闭目听去,心绪早已飞出尘世,仿佛又见曹禺先生,沐浴在他的慈祥胸怀和斑斓戏剧中,在极其庄重的形式中完成了一次澎湃的心灵交流……

差不多20年前,"文革"大难之后,几百名劫后余生的著名文人云集北京,为老舍先生开过一次隆重的平反会。这会的名字起得有点无奈,叫作"骨灰安放仪式"。人们对着那个内里以一副眼镜、一支钢笔、一支毛笔和几朵小茉莉花代替骨灰的"骨灰盒",在哀乐声中,用挽联、用诗句、用悼词、用鲜花、用失声痛哭,祭奠失去的杰出作家。曹禺先生夹在人群中来到灵堂,拄着一支大手杖,在老舍遗像前深深地鞠了三个躬,满脸挂着泪,和老舍夫人及孩子们逐个紧紧拥抱,然后跌跌撞撞走出灵堂,消失在人群中。所有人都鞠完了躬,大堂里已经空了,老舍家人们向遗像做最后的礼拜,这时,大门外跌跌撞撞地走进一个人来,是曹禺先生,他一个人径直走到遗像前,又深深地向老舍先生鞠了三个躬,然后在大家的注视下默默地转身离去。家人离开大堂,把"骨灰盒"捧到骨灰安放室,做最后的告别,突然,曹禺先生又来了,他一直没有离开八宝山墓地。上千人都先后离去了,只有他一个人不肯离去。他又跌跌撞撞地走上前来，再一次对着老舍先生的遗像和"骨灰盒"鞠了三个躬，动作很慢很慢，一只手吃力地拄在手杖上，整个身体微微有些颤动。在场的人大受感动，泪如雨下。

曹禺先生和老舍先生是最好的朋友。他用九个鞠躬告别了自己崇敬而挚爱的老友。

我在追思会上讲了这个故事，我用这个故事说明曹禺先生特别热情，特别善良，心地大慈大悲，是世上少有的大好人。这样的人，不光凭他的天才和智慧留下了永世不朽的戏剧作品，也留下了许多许多美丽而动人的为人的故事。

这些"人"的故事极可爱，因为只有一个伟大的心才能做得出，他们为世人同样做出了不朽的榜样。

于是，在追思会上，我庄重地，向曹禺先生遗像鞠了九个躬，一连气儿。

许地山与老舍的友谊

许地山先生和老舍先生是好朋友。

在某种程度上,许先生是后者的引路人和示范人。

他们的友谊始自1921年左右,相识于缸瓦市伦敦会基督教堂。

1924年,在伦敦又相会,可巧住在一起,说够了故事,许先生便开始写小说,用油盐店的记账簿,力透纸背,常常把钢笔戳到纸里去,老舍先生很羡慕他,加上想家,便也开始写小说。

许先生说了许多自己的身世给他听。

1930年老舍先生到齐鲁大学教书,曾托许先生向白石老人求画,《雏鸡图》成了老舍先生的家宝。

许先生曾打电报到青岛,要他去车站接许夫人,称她为"黑衫女"。

抗战时,老舍先生主持"全国抗敌文协",许先生在香港,成为香港"分会"主持人,他们常常通信,抗战热情极高。

　　许先生不幸病逝后,老舍先生大哭,写了著名的散文悼念自己的老友。

　　今年是许先生逝世50周年,老舍先生也辞世25年了。陪母亲来南京拜访许夫人,无限感慨,特记之。

1991年5月8日

(原载《台港文讯》1992年第4期)

萧红的另一半骨灰何在

直到前些年,才知道:萧红有两份骨灰,一半在香港,另一半也在香港。

前一半,在她病逝于香港16年后,在1957年,迁葬广州,算是落叶归根了。

后一半呢?

这一半问题很大,至今没有找着。

香港有一位女学者,叫卢玮銮,笔名小思,是香港中文大学教授,专门从事内地作家在香港的研究。端木蕻良先生生前曾写信给她,托她在香港找萧红的另一半骨灰。

我因和小思教授相识,乘着到香港接受卜少夫先生捐书的机会,约小思教授出来,请她带我去看看萧红骨灰的埋葬地。

小思爽快地答应了,还说找她带路算是找对了。她住在圣士提反女校附近,对那一带很熟。

我们由中环的置地广场出发,乘小巴士上山,大致的方向是去香港半山区的西部。

半山腰里,有一座小公园。小思教授说,这座公园里曾埋葬了萧红的另一半骨灰。

萧红病逝于1942年1月22日,去世时只有31岁。死前她曾在三个不同的香港医院里待过。她死于战乱之际,恰在日军占领香港之后的第29天。她最后住的一家医院就是由圣士提反女校改建的战时临时医院。火化后,她的一半骨灰埋在了香港浅水湾,另一半被端木蕻良装在一个大瓷瓶中,悄悄埋在圣士提反女校的花园里。她记得,是埋在一棵大树之下,面向东北方,附近有一个小孩子的秋千挂在树上。

这座公园很小,很静,里面树很多,完全是一个绿色的世界。这么一块茂密林地在香港极为难得,完全是一片净土。萧红拥有这么一片静静的高大林木,倒是为她的寂寞人生画了一个完满的句号。

小公园狭而长,东西有100米,南北尚不足50米,夹在两条小马路中间。它原来属于圣士提反女校,是它的花园。后来,花园中间东西向砌了一堵墙,将花园切成两半,靠北的一半仍归女校,对外不开放,靠南的一半变成了公共花园,开放,叫"城西公园"。

我跟着小思教授进了城西公园的西门,缓缓上坡,纵穿整个公园,在园内一共才遇见两个游人。这里树木都高大,称得上是参天大树,数量非常可观,以洋紫荆、假柿树和细叶榕树为最漂亮，丁香和竹子间杂其中，地面则爬满了大叶的芋类。一进来，就发现：根本无法确认在哪棵大树下面葬着萧红。秋千早已不知去向，没有任何参照物。而且，据小思教授了解，小公园修过多次，土地也平整过多次，说不定大瓷瓶在某次土地翻整时已被取走。

就这样，萧红的另一半骨灰便成了一个永久的谜。

但是，我喜欢这个小公园。萧红死在这里，埋在这里。这已经足够了。它就是萧红公园。

说不定，在香港回归祖国之后的某一天，人们会在小公园里某一棵大树之下，竖一座萧红的雕像，面向东北，向着她的老家，向着她钟爱的后花园，向着维多利亚港的碧水，正如她生前说过的最后一句话：

"我将和蓝天碧水永处。"

人们，或许，会在雕像的基座上雕上12个小字：

"这里埋葬着一位天才女作家。"

（原载《人民日报·海外版》1997年4月1日）

为许地山先生上坟

许地山先生的墓在香港。

看完了埋萧红另一半骨灰的小公园之后,小思教授又带我找许地山先生的墓。她特地打了电话叫来她的学生,让学生把许先生的墓号带在身上。那个墓地很大,找起来有一定难度。

墓场在香港岛的山坡上。坐小巴士上山,恰好经过许地山先生执教过的香港大学文学院和他星期天做礼拜的基督教堂,或者,更确切地说,是他星期天为做礼拜的孩子们上"主日学"的教堂,叫"合一堂"。

许先生是在战前1935年离开北平的,举家南迁,受聘于香港大学,主持文学院,直至1941年8月4日,因心脏病突发逝世,在香港前后住了七年。他去世后半年,香港便失陷了。

在这段时间里,中国有三位大文人相继在香港病逝。头一年是蔡元培先生,第二年是许地山先生,第三年是萧红女士。他们都葬在香港。

许先生的墓场叫香港华人基督教联会薄扶林道坟场。大门设在山顶。墓区沿山坡向下伸延，占了整个山坡。站在山顶望下去，竟看不见头，是一个极有规模的墓地。

许先生墓在"甲区"，是最老的墓区，靠近山顶。看墓区全图，现在整个墓场已发展到"癸区"了，远离大门，一直伸到山麓之下。

多亏有墓号在手，找起来比较方便；即便如此，我们还是走了几段弯路，只因这里坟太多、太密，而且年久失修，坟间道路不畅，常有断岩挡道，不得不另择路而行。

下了差不多一百级台阶，终于找到了甲段里的三段A3穴，墓号2615。

墓很简朴，只有一块半人高的灰色花岗石碑，上面正中刻有12个大金字："香港大学教授许公地山之墓"，上首是生卒年月，下尾是子女的落款。碑下是两米长的墓基，由灰白的花岗岩砌成，高出地面约20公分，朴实无华，无任何装饰。

小思教授说，当她十多年前找到这墓时，墓基已被山水冲垮。现在看到的样子，是她的学生1987年出资整修的。在这之后，又坏过，也又修过。

许先生过世后，许夫人带着孩子在战乱中离港逃回内地，家人便再也没有机会为他扫墓。几十年下来墓渐渐荒芜，竟坍塌大半。

我向许先生行三鞠躬礼，为他默哀。

小思教授愤愤不平地说：几乎没有人为许先生扫墓。香港人把他忘了。

她的话使我顿感凄凉。

我知道，许地山先生不光为我国"五四"新文学做出了不可磨灭的贡献，茅盾先生称叶圣陶、王统照、许地山三人为20世纪20年代初中国文坛上成就最大者，而且也为香港文化发展做出了巨大的奠基性的奉献。他是一个伟大的爱国者，他曾在英国殖民文化的重镇香港独树一帜，为弘扬中华优秀文化传统而改革，而拼搏，而厮杀，他为香港抗战文学的发展而不遗余力地奔走组织，直至舍去了自己的生命。他理当受到中国人永远的纪念和尊重。香港人当尊他为香港文化的伟大拓荒者。

小思教授建议把许地山墓迁回内地。她说："许先生太寂寞了。"听了此话，虽然烈日当空，我却因许先生身后的冷遇而浑身战栗。小思的话引出了我的眼泪。我没有想到，一个来自北方的后生的虔诚顶礼竟会引出香港教授如此激烈的感慨，我能体会到这个建议的沉重和苦涩。我说不出话来，只剩下点头。

当我离开墓地，回眸许先生的小墓时，我突有顿悟：不，不能回迁。1997年香港回归祖国后，这里一定会变成圣地，因为这里埋着一位祖国忠诚的儿子，一位远游的功臣。全国的人，当地的人，不会忘记他，根本不会。

"它只把果子埋在地底,等到成熟,才容人把它挖出来。"——《落花生》

不要伟大,不要体面,只要有用,像地下的落花生似的。

他的人和他的名字一样。

他的坟也将和他的名字一样。

诗人的匕首和子弹
——王统照自印译诗集《题石集》

王统照先生的大公子王立诚先生送来一本线装小诗集。它古色古香，比小32开本还小一些，深蓝色的纸封面，左上侧贴着一小条白宣纸的题签，黑框内有三个漂亮而劲秀的褚河南体大字——"题石集"，显得极可爱。

就在这么一本典雅俊秀的小书里面，包含着一段刚烈动人的故事。

1997年是王统照先生诞辰百年，也是他辞世四十周年，恰是缅怀他的日子。他是"五四"新文学运动健将，不仅是我国白话文长篇小说的奠基人之一，也是和冰心、宗白华齐名的现代大诗人。统照先生是"文学研究会"的12名发起人之一。他还主编过许多文学刊物和报纸副刊，总之，谈起中国现代文学的辉煌成就，是一定要提到王统照和他的20多部作品集以及他编的文学期刊的。

王统照生于山东，长于山东，死于山东，他的代表作也多半是描写山东人的，但是抗战八年他却是在上海度过的。他和郑振铎、唐弢、柯灵、郭绍虞等文友滞留在上海，隐姓埋名，转入地下，白天极少出来活动，靠典当度日，用化名把作品转寄到后方发表，暗暗地做着救亡的工作。《题石集》就诞生在这个特别困难的时期。

王统照是学英国文学的，英文底子好，他像"五四"时代的一些大文人一样，一生做了大量翻译工作，为现代文学启蒙呕尽了自己的心血。《题石集》也是译作，不过，已不是为了启蒙，而是为了战斗。

他精心选择了四位欧美诗人的33首诗，用古乐府体文言译出，居然在工整严格、清奇俊秀、温文尔雅的外衣下，吹响了冲锋的号角，擂起了进军的战鼓。

原来，不论是线装，还是古韵，通通都是伪装，那精致包装下藏匿的诗歌却真是一把把闪闪发光的利剑。

看看王统照选的四位诗人就知道他的用意了。第一位叫汤姆司·摩耳，此人是19世纪初叶的爱尔兰大诗人，同雪莱、拜伦是同代人。他的诗是爱尔兰民族独立精神的最完美和最忠实的反映。第二位叫费丽克斯·亥丝曼，是19世纪初的英国女诗人，以善于描述感觉著称，也是一位歌颂爱国、崇拜不屈的能手。第三位叫威廉·勃雷扬特，美国人，被称为美国诗歌之父，他的诗以歌颂自由、正义、解放为宗旨，给人以巨大的希冀和动力。第四位是波兰现代名诗人，名叫凯拉苏塞挪斯基，王统照译他的诗，其用意是再明显不过的,因为波兰在"二次"大战中首当其冲,备受亡国蹂躏之苦,读其诗可引发深长之感慨。

王统照在译诗之后,加写了许多详细注解,为诗的发表起了画龙点睛的作用,道出了他翻译这些诗的初衷。王统照先生的注解和后记不仅对诗作发表了极为精辟的见解,而且也留下了研究他的思想发展的重要依据,还是中国抗战文学的一件名垂青史的奇特纪念品。

这本诗集没有版权页,因为是秘密发行的,只在封底里贴了一枚小白纸条,上面铅印着小字:

  中华民国三十年三月印行 定价一元五角 王统照译辞

王统照先生在上海沦陷期间写文章用化名,唯独此书,露了真名,是唯一的,在那极黑暗的日子里,亦不简单,正像他在扉页里亲自题写的韩非子的一句话:"悲夫宝玉而题之以石,贞士而名之以诳,此吾所以悲也",不光是题解了书名,还光明磊落地宣称:在烟幕弹下有真家伙!

王统照先生很珍惜这部小书,抗战末期随身带了一些返回青岛,一直好好地保存着,直至去世。"文革"中王统照先生藏书和遗物尽数散失,到落实政策发还时,所剩无几的遗物中竟然有几册保存完好的《题石集》,遂成了躲过劫难的稀世珍宝。

"你的一只手要挥动长刀,那一只手里有国旗招摇,直待到号角口吹出声高,超过你的坟头是胜利风暴。"(勃雷扬特《战地》)

瞧!这就是可敬的王统照先生。

(原载《人民日报·海外版》1996年3月30日)

刘半农的墓

今年（1992年）5月恰值刘半农先生101岁生日，免不了要纪念一番。果然，在北京举行了纪念大会，举办了展览会，先生两位弟弟都是音乐大师，还有专场音乐会相伴，除此之外，人们还要上他的墓地去祭奠。

在埋于北京的中国现代作家中，数刘半农最有福，他的墓是顶有讲究的。

他的墓位于京西香山东脉半山腰上，那个地方叫玉皇顶南岗大木坨。由卧佛寺西去有山地公路相通。地势极佳，视野开阔，登顶环望，碧云寺、香山公园、万华山、卧佛寺、颐和园尽收眼底。

大弟刘天华先生比刘半农先生早去两年，兄弟二人都是英年早逝。1935年5月都埋在了这座小山顶上。半农墓在北，天华墓在南，相距也就40余米，几乎在一条线上。整个山顶地势平坦，四座坟墓（还有两座是早年革命烈士的墓）相间其顶，宽绰有余。

大木坨山郁郁葱葱，长满了树。山脚有桃树，半山有古松，山顶有清一色的枫树。古松上都挂有二级古树的小牌子，大概是这里在明清两代有玉皇阁和福静寺的缘故，由来已久。夏天，整座山上、中、下三段有三种绿色：中间深绿，上部嫩绿，下部碧绿；秋天，变成一头红发，刘氏兄弟便是火中凤凰了。

半农先生的墓有150平方米的面积，用石头砌了平台，平台中央用七层石料堆砌了一座正方形的塔状坟墓。原来墓前有两块大理石的墓志。可惜，两块均毁于"文革"。现在，周作人撰文、魏建功书石、马衡篆盖的那块已断为两段，下段在80年代重修时水平地砌在了墓顶，上段废弃在墓旁。蔡元培撰文、钱玄同书石、章炳麟篆额的那块已碎成数块，也散落在墓旁。重修时重立了一块人工制红色大理石的墓碑，正面是吴敬恒题字，背面用了蔡、钱、章三氏的那通墓志铭，是根据拓片复制的。本来，墓上还有一大块用黑色石料做的半农先生浮雕头像，1983年安立后不久又被无故毁成50余块小片。电视台的工作人员去拍摄墓地时，偶然发现地上有一纸条，打开一看，知道是两位好心的工人已将残片收拾起来，写明地址请本家去认领。现在，经革命博物馆专家用特制胶料将破碎的浮雕石片拼贴修整，收藏在半农先生老家江阴市刘氏三杰故居博物馆里。

半农先生生前多才多艺。他是"五四"运动健将，他的战斗文字曾起过震耳欲聋的大作用，他是最早的白话诗诗人之一，一曲《教我如何不想她》经久不衰；他是我国最早的语言科学实验室创始人；他又是著名的摄影家和书法家。他为人真挚，诙谐。所以，他猝死后，他的朋友们大悲哀，极隆重地埋葬了他。

佛教净土宗派主张"好好地死"，别的不说，单就刘半农先生来说，他的墓，的的确确是非常之好。

赵家璧的两个高峰

赵家璧先生和我父亲老舍先生是好朋友，而且是事业上的伙伴。家璧先生晚年写过一篇回忆录，很长，有六万余字，叫《老舍和我》，差不多是一本小册子了，专门记述了他们两人之间的友谊和共同从事的事业。后来收在家璧先生的《文坛故旧录——编辑忆旧续集》中，由三联书店1991年出版。这篇文章史料价值很大，而且是那么翔实，我不知道还能再补充些什么。

接到出版赵家璧先生纪念文集的征文通知之后，我迟迟不敢动笔，一则补充不了那篇长文，二则怕写了一些无关痛痒的小事之后，反而让人看轻了他们之间的关系。

我最后决定写这篇小文，与其说要增补点什么史实，还不如说是一种感情上的追思和悼念，给自己的心灵找一点弥补歉疚的平衡。因为我实在是应该说些什么。

"晨光"的由来

在家璧先生面前，我是晚一辈的人。我比他的孩子们稍大一点，和他们在重庆北碚是同一个小学的先后同学。认识家璧先生的时候，我大概是十岁。

20世纪50年代，家璧先生来北京出差或者学习，是一定要来我家走访的。我记得当时，他和夫人来，就住在我家，临时把我住的小屋让给他们夫妇。他借用过我们孩子玩的简易照相机，给老舍先生在院中照过相，后来，这张相片放大后一直挂在他自己的家里。

那时，我家有晨光出版公司的全套出版物，不光是文学书，还有晨光出的许多画册和版画，尤其是介绍苏联的小画本，几乎是成箱的。后来，我才明白，晨光出版公司实际上是老舍先生出资，由家璧先生负责经营的一家私人出版社。老舍先生的初衷非常清楚：有条件的话，开一家自己的出版社，专出自己的书，避免受中间出版商的盘剥。有能力的话，还要替作家朋友们出书，稿费一定从优。

作家自己办出版社，国外早已有之。后来，国内也有人效仿，如巴金先生办文化生活出版社，便很有成绩。

老舍先生也有这种打算，而且由来已久。早在济南时，他就叫自己的三个穷侄子去印刷厂当学徒，而且还替他们分了工，一人学一样，有排版的，有印刷的。将来，自己办印刷厂，各工序全拿得起来，可以不求外人。不过，后来印刷厂是绝对没办起来。老舍先生自己也把这事早就忘到脑后了。直到他由美国回来，才发现，第二个侄子已经当了记者，第三个侄子是个北京印刷大厂的中共地下党员，解放后居然当了那个有名国营印刷厂的厂长，地道科班出身！这倒是老舍先生始料不及的。

1946年春，老舍先生和曹禺先生途经上海去美国讲学。老舍先生听说，家璧先生已退出良友出版公司，正在家中赋闲。他立刻把家璧先生找来，告诉他，到美国后可能会得一笔《骆驼祥子》英译本的美金版税，想托家璧先生来办一家个人出版社。目的是出版《老舍全集》。老舍先生对家璧先生说得很干脆：钱由我掏，经营由你负责，赚了钱，咱俩分；赔了，我不管，由你处理。

这便是晨光出版公司的由来。晨光的确出版了不少好书，老舍先生的书，确实全由它出，出得很全，包括早期、中期的绝大部分集子，如《惶惑》、《偷生》及有争论的《猫城记》，一直延续到20世纪50年代初。老舍先生50年的曲艺作品集，叫《过新年》，紧随其后的话剧剧本《方珍珠》《龙须沟》也都是晨光出版的。只不过，表面上，始终没有打出《老舍全集》的旗号罢了。至多在1951

年的书底广告栏目中写一句"老舍著作全部由本公司出版"的字样。巴金先生的《第四病室》和《寒夜》以及钱锺书先生的《围城》，也都是那个时候由晨光出版的，晨光还出版了不少其他作家的好作品。

由于家璧先生的努力，晨光出版公司在20世纪40年代末成了一家很有影响的文学出版社，在现代出版史上占有相当的分量，为文学事业立下过不凡的功勋。

为"晨光"正名

晨光出版公司在1953年归了公。家璧先生为此和老舍先生商讨过。后者的意见是自己不必再干下去，交出去为上策。那时，家璧先生常有账单寄来，大概是在决算账务吧。

此后，家璧先生转入上海人民美术出版社工作。精神上很压抑，大病一场。1959年转入上海文艺出版社，当了副总编辑。

"文革"中晨光出版公司这段往事让家璧先生受了大苦，他被打成了"资本家"。"文革"后，我有机会三次访问上海，都专程去拜访过家璧先生。第一、第二次我们单独做过长谈，没有外人参加，每次都是几个小时。那时，他已经开始写回忆录了，因为心有余悸，只字不敢提老舍先生和晨光那一段。他非常郑重地询问我，可不可以写。他知道老舍先生之死和用美金稿费办晨光出版公司有关。他顾虑写了之后，怕再惹什么麻烦。我竭力主张他照实写下去，和盘托出，不做任何保留，还历史以本来面目。

我的看法是：应该为晨光正名，那是一段光荣的历史。在当时的历史条件下，因为有了晨光，许多爱国的进步的作家的作品得以问世，突破了当时的文艺专制黑暗，为历史留下了一批很珍贵的精神财富，很了不起，必须加以肯定，而且要大书特书。绝不能把社会学的标准当作唯一标准，更不能用它去评价和褒贬文学艺术及出版方面的功过。

我非常赞成"把颠倒的历史再颠倒过来"这句话，认为非常准确，在晨光这件事上便应当如此。

读了家璧先生的《老舍和我》之后，我松了一口气，他写得率真，基本上把"颠倒"的"再颠倒"了。但是，我依然有些不满足，觉得他还是过于拘谨了，有些该说的没说，特别是该正面评价的没有做出应有的正面评价。我觉得，这个历史公案，随着家璧先生的去世，也应该有个句号了。

家璧先生的一生有两个辉煌，一个是良友，一个是晨光。

良友这个高峰以《良友文学丛书》（共43种）和《中国新文学大系》为标志，对这个高峰，因为有鲁迅、茅盾、郑伯奇、阿英等巨匠的参与，已有足够的肯定。

晨光这第二个高峰却至今并不被充分认识。实际上，晨光也是一个高峰，它的标志是：一、出版《晨光文学丛书》39种，其中老舍一人16种，其余为巴金、郑振铎、钱锺书、王西彦、师陀、冯亦代、萧乾、端木蕻良等文坛大将的作品。二、出版《晨光世界文学丛书》，其中《美国文学丛书》18种是其核心，译者队伍集中了一大批国内最优秀的翻译家，其中有楚图南、徐迟、焦菊隐、罗稷南、袁水拍、马彦祥、洪深、毕树棠、荒芜、吴岩等名家。三、出版版画集系列，其中有《中国版画集》《新中国版画集》《苏联版画集》，为圆鲁迅先生的"版画梦"做出了总结性的全面展示。

一个编辑家，一生有这么两个漂亮的高峰，足矣，可以永垂出版史了。

据此，称家璧先生为"中国现代文学的第一专业编辑家"，恐怕一点也不为过。他配！

家璧先生的高见

家璧先生一生留下了不少有关编辑出版的高见，其中许多是宝贵的经验之谈。他退休之后，依然非常关注出版事业，常常三句不离本行。下面这些话，是他亲口和我谈过的，我以为都是真知灼见：

1949年以前，我们的出版业原本和其他国家的出版业，与台湾地区、香港地区的出版业，没什么不同，出书速度也很快，一般周期是一个月。他给我举例，比如老舍先生的长篇小说《离婚》，由拿到稿子，到排版、校对、印刷、上市，一共才一个月，一点不奇怪，一点不稀奇，普普通通。为什么1949年以后就不成了呢？出版印刷业实力增强了许多，效率却不知道慢了多少，这里面原因很多，恐怕最重要的是体制上的问题。出版社都太庞大，层层叠叠的，要经过许多人的手，哪个环节一压就是几个月。印刷厂也都很大，而且不属于出版社，出版社对它不能直接下指令。发行的命运更是掌握在别人手里。岂能不慢！

家璧先生主张大幅度精减出版社的编制，他认为一个编辑部有三四人足矣，照样出好书，而且出得快，出得好。他说：怎么不可能？我们一直是这样走过来的，通通实践过，很成功呀。

家璧先生主张废除书的征订制，主张实行小批量直接上市，初版只印一两千册，密切注意读者市场的反馈信息，走重版的路。销得好，立刻再版，还是小批量，两千册，再两千册，少吃多餐。畅销的书一年可以印30回、40回，总量也能达到几十万册。这才是真正的灵活机动，启动资本和流动资金全都不必用得太多。资金的使用效益很高，回收周期很短，也从来不会发生出版社反过来向作者要钱出书的怪事。

他认为"一次大量印刷不再版"和"多次少量印刷要再版"是两条对立的出版道路。他主张放弃前者，拥护后者。他认为这才是出版界需要的大改良。

家璧先生主张编书者自己要注意市场信息。销得好立刻通知社长再版，决不允许编、销脱节，更不允许新书在市场上断档，发生读者买不到书的事情。

家璧先生主张选集、文集、全集中的文章一定要注明原始出处和发表时间，为此他多次提出批评，以为现行的许多文集是不规范的。他还很注意版本的考据，主张：一要重视初版；二要重视版本的鉴别和选择；三要注明所依据的版本出处。他的这些主张都是应该被严谨的好编辑家接受和实施的。

我最后一次到家璧先生家是四年前的事，他的腿疾已经相当严重，不大能出户了，但头脑和思维依旧清晰。见到我，他很高兴，请阿姨去端生煎馒头给我吃，要我坐到他面前，急切地询问了我许多他关心的问题。他的激动、热情和慈祥的脸至今仿佛还浮现在我的眼前，令我久久不能忘怀。

我当时想，我也很幸运。父亲在世时，他帮助父亲出版作品，办出版社，仿佛是他的忠实的出版经纪人；父亲去世后，他不忘旧情，把他的关怀移到我们第二代身上，能推心置腹地谈论许多不为外人知的往事，一谈就是好几个小时，把他心目中的老舍先生再现给我们。我听着听着，不由得有一种幸福感产生出来，深切体会到友谊的沉甸甸、友谊的不灭和友谊的美好。

（原载《解放日报》2002年11月18日）

巴金的三件大事

> 巴金先生的这三件大事,
> 恰是一座金字塔:
> 中国现代文学馆是塔身,
> 《巴金全集》是塔牌,
> 《随想录》是塔尖。
> 这座不朽的塔,
> 将作为民族精神的象征,
> 成为我们的骄傲,耸立在东方,
> 他的设计师和建设师就叫巴金。

巴金的文学道路大致分四个阶段。在1978年开始的第四阶段里,巴金完成了三件大事:一、创作《随想录》;二、编校《巴金全集》;三、倡议建立中国现代文学馆。恰恰是这三件大事构成了文坛的热点,是人们集中关注和议论的中心。

《随想录》：当代文学的瑰宝

《随想录》是中国当代文学的无价宝，它是整个中国当代文学的代表作，它的贡献比巴金早期、中期的任何一部作品都更大。

说起《随想录》，有说不完的话。

《随想录》的基本情况是：

这是一部散文合集，是五部散文的总称。

它包容了150篇独立的散文。

它创作于1978年底至1986年8月，前后历时八年，是巴金74岁至82岁写成的。

它是巴金先生最新的大作品，由于"文革"的迫害，他体弱多病，健康状况每况愈下，多次住院，越来越"拖"不动那支笔了，《随想录》成了他的"封笔"之作。

《随想录》最初发表在香港的报上，用连载的方式，最初结集也是香港出版。即便如此，写作过程也不顺利，不乏磕碰，也不断受到"围攻"，对它的评论也始终存在着分歧和争论。

《随想录》已经被多次再版，包括在中国，出现了多种版本，也出现了不同文种的译本。

把这些关于《随想录》的基本情况公布于众，并非是一件多余的事，因为《随想录》虽然得到了文学界主体高度的赞扬，并在文坛上有相当普及的传播，但是，还应该看到，至今，仍有许多人，包括众多的年轻人，并没有读过《随想录》；他们或许知道《家》，但并不知道《随想录》。而且《随想录》的翻译情况也远不及《家》来得广泛。

《随想录》是一部说真话的大书。

《随想录》是一部否定自己，反省自己，责备自己的忏悔录。

《随想录》是一部批评"文革"，反思"文革"的批判书。

这三条，都具有开创性、示范性。

所以，《随想录》是划时代的作品，在中国当代文学史上有里程碑式的价值和作用。

所以，《随想录》还会有巨大的前景，它并没有一下子就大红大紫，它一诞生就伴随着激烈的争议，也正因为如此，有如早晨的太阳，它会变得越来越耀眼，最终，会光芒万丈的，会给整个文学界、思想界以深刻而持久的影响。

所以，《随想录》很难学，因为具备巴老那样的勇气和深刻的思想是很难很难的。拿《随想录》当一种作风，当一种气质,它很高、很纯,会在相当一段时间里,显得后继无人;但它绝对是一扇新的大门,通往新的世界,它会给中国文学带来新的生机,开辟新的纪元,也会给中国的下一代带来新的品质和思维方式。

中国现代文学有光荣的激进传统,《随想录》是这种传统的集中代表者。每一位认真思考的中国读者都紧跟着《随想录》前进,因为它是真正含义的"人生教科书"。

《巴金全集》:花七年时间校订

以前,全国作家只有一部全集,那就是《鲁迅全集》。"文革"之后,在郭沫若和茅盾去世之后,又出版了他们各自的全集,《巴金全集》是继他们之后的第四种全集;不过,巴老健在,因此,《巴金全集》是健在的作家出版的第一部全集。从这个意义上说,《巴金全集》的出版也有其突破的意义。

《巴金全集》共26卷,洋洋大观!其中包括了以前从未出版过的书信和日记,它们共占5卷。

难能可贵的是,巴老自己在责任编辑王仰晨先生的编辑基础上,对全部稿件一一进行了仔细校订。他曾经说过:编《全集》和建立中国现代文学馆是他最后两件工作。由作者最后把关，便使《巴金全集》更具有前所未有的权威性和完善性。

巴金先生赶在"庆九"之前完成了全部校订，先后历时7年，累坏了。他长舒一口气，卸下一副重担，可以痛痛快快地、无忧无虑地歇一歇了。大家向他祝寿献礼，他的还礼便是将26卷《巴金全集》的最后几卷送发排，让《巴金全集》全部问世。

巴老为其中的17卷一一写了跋语。

巴老有一个习惯：爱写后记。这一次也不例外。这是他尊重读者的表现。每部书的再版，只要是有修改和校订，随着一些新思想产生，边校边记，一一向读者述说，是为新跋。他真正做到了把心交给读者。

《巴金全集》的出版是文学出版界的一件大事，也是广大读者的一件大事，人们不光可以阅读和欣赏巴金的除译文外的全部作品，而且从他作为一个细心而负责任的老作家兼编辑身上看到一种老老实实的严肃人生态度。

《巴金全集》近千万字，证明巴金先生是中国当代最多产的作家之一。

巴金先生生活在中国历史上最富变动的年代里，《巴金全集》是这火热年代的忠实的写照，具有史实性。要了解中国什么样子，要了解中国知识分子想些什么，做些什么，《巴金全集》是最好的参照系之一。

《巴金全集》有强烈的反封建性和反"文革"性，它既是惊心动魄的血泪史，又是"醒世录"和"警世录"。

《巴金全集》由始至终是以中国知识分子为主要描写对象的，它称得上是中国知识分子的心态百科全书。

《巴金全集》是经过多次磨难之后汇集而成的书，久经考验，虽然伤痕累累，但毕竟是经过风霜的，它精干，苍劲，耐看。

今日的读者很有运气，因为他们是《巴金全集》诞生的目击者，这是一部在历史上站得住，存得下，传得开的巨著，和它共生，分享它诞生的快乐，是何等的荣幸啊。

中国现代文学馆

建立中国现代文学馆的思想属于巴老，他1979年便有了这种想法，1980年写出来，1981年初发表，立刻得到作家们的响应，开始筹办，经过五年的努力，终于在北京开馆。巴老亲自来北京主持开幕典礼，那是在1985年的3月，是在巴老最后一次进京的时候。

如今中国现代文学馆已经初具规模，已经有了25万多件藏品。

当初，在巴老倡议建馆的时候，他憋了一肚子火。"文革"否定了一切，否定了作家，否定了作品，全国只有八个样板戏和一个作家。其他的全是"牛鬼蛇神",其他的作品全是"毒草"。"文革"过去了,巴金是清醒过来得比较早的人,他便倡导建立中国现代文学馆,他要让人们看看,祖先遗留下来的文化遗产中有许多是珍宝,它们曾经影响许多年轻人奔向革命走向进步,它们绝不是"毒草",作家们也不是白吃饭的。

中国现代文学馆的使命,便是把"五四"运动以来用华文写作的海内外作家的全部作品及其创作档案统统收集起来,集中地展示出来。从这个意义上讲,中国现代文学馆是集中展示中国新文学的辉煌成果的地方,是反映中国作家高尚的心灵美的地方。

巴金带头把自己珍藏多年的图书、杂志、报纸、手稿、书信、照片、文物捐献给了文学馆,前后11批,多达7665件,其中有许多珍贵的文学瑰宝。这种捐赠至今还在延续着。所以,不断由巴老处传出好消息。在"巴金和20世纪"学术会召开之际,巴金先生又托他的老弟李济先生"抱"来5件宝贝,其中有1927年他在法国主编的《平等》杂志,23期合订本,是国内孤本;有两位著名的无政府主义革命家在美国狱中写给巴金的信,时间是1927年6月和7月,后来这两位被处电刑,光荣牺牲,直到后来很久才得以平反,并被尊为英雄人物,这两封信巴老一直珍藏着,是极为珍贵的革命文物;有1950年在波兰举行的第二次世界和平大会的纪念册,上面有巴金征得的几十位世界名人的签名，也极为珍贵，是"国宝"级的文物。

巴老除向文学馆捐钱、捐资料之外，还向国家请求建新馆。此项建议得到江泽民总书记的支持和批准。全国的文学界都为这件事感到欢欣鼓舞，海外的文学界也是一片叫好声，认为是极有眼光的具有战略意义的安排。这件事的成功，完全要托巴老和冰心老人的福。

巴金先生的这三件大事，恰是一座金字塔：中国现代文学馆是塔身，《巴金全集》是塔牌，《随想录》是塔尖。这座不朽的塔，将作为民族精神的象征，成为我们的骄傲，耸立在东方，他的设计师和建设师就叫巴金。

（原载新加坡《联合早报》副刊1996年6月1日）

巴金终生的追求

巴金和老托尔斯泰有一个共同点，追求"言行一致"，在这一点上，他们极相像；当然，"言行一致"做起来很难。由于难，所以可贵，值得说，值得钦佩，值得学习。

说到这儿，有一件事与此事有关，我要详说一番。

1991年，我和老李准、刘麟结伴去俄罗斯文学馆及几个作家故居纪念馆访问，专门去了一趟老托尔斯泰故居庄园。

托尔斯泰故居叫"雅斯纳雅·波良纳"，翻译过来是"明亮的原野"，实际是个很大的农庄，有大片的草地。它在莫斯科南面，离莫斯科还有相当的距离，在图拉市附近，由莫斯科往返差不多要花一天的工夫。我们管去那儿访问叫"朝圣"。

看完故居纪念馆，去凭吊老托尔斯泰的墓地，感触良多，回去之后，我专门写过一篇文章，取名《小绿棍》，讲了一个有意思的故事，后来也成了我的一本散文集的名。

看完墓地，我提议去农场遛遛，看看有多大，有什么特别的地方，我估计，老托尔斯泰自己熟悉那里的每一个角落，还亲自犁过地，所以值得瞧瞧。老李准走不大动，我把他留在故居旁边，自己带头向后边的农场迈进，沿一条小路走了大概20分钟，沿途全是草场，树不多，一望无际，是典型的俄罗斯大草原上的农庄，由于没有耕种，长满了牧草和野花。时值6月，鲜花盛开，花很小，但什么颜色都有，红的、白的、黄的、粉的、紫的，远远望去，星星点点，真是常说的繁花似锦，宛如灿烂的绿地儿的花毯，漂亮得惊人。阳光一照，青天白云绿草彩花，啊，天然是一幅美丽的图画。我们走到一条小溪旁，便折回。我随手在草场上摘了几朵不同颜色的小花，夹在书中，带回来留做纪念。

回到北京，偶尔打开书，咦，小花的颜色一点儿也没有变，还那么鲜艳，只是花瓣儿都干了，甚至变得透明了，花秆也枯硬了，成了很好的挺立得住的标本。我当即给巴老写了封信，报告我们去了苏联，看了许多文学类博物馆，还去了"明亮的原野"，送上几朵小花，说这是老托尔斯泰庄园的，请他欣赏。

信写得很随意，就是一种喜悦；知道他崇拜老托尔斯泰。

回信却不得了，大出乎我的意料。

巴老说了一番哲理，非常的深刻。

他说："谢谢你的信，我仿佛和你一路访问了苏联。特别感谢你从老托尔斯泰墓上摘下来的草花。多少年我一直梦着那个地方，我想念那里的一切。年纪越大，我越想了解老托尔斯泰，也开始懂得那位老人最后所追求，而始终不能达到的'言行一致'。看到这枝远方的草花，我这个老病人仿佛又接触到新的生命。不管怎么样，我还要鼓起勇气，继续追求。"（摘自1991年7月25日来信）

老托尔斯泰是巴老喜欢谈论的一个人，常常在他的文章中出现，成了他的一个话题，这个话题呈密集型的出现是在《随想录》中，尤其是在其第五本《无题集》中，大致是我给他寄花的前五年。

"巴金"这个名字就和托尔斯泰有关。他第一次用"巴金"这个笔名是在1928年10月，在《东方杂志》上发表托洛茨基写的《托尔斯泰论》的译文的时候，比1929年1月他在《小说月报》发表处女作小说《灭亡》要早四个月。

老托尔斯泰出身贵族，生活经历非常丰富，充满了矛盾，他常常为自己说的是一回事而做的是另一回事而痛苦。他的四周是劳动人民，他们处于饥寒交迫中，朝不保夕，敏锐的托翁常常为此而难受，甚至不思饮食，早在13年前他就有了离家的心思，终于82岁高龄时，在一个寒冬的日子,由小女儿陪同坐火车出走,中途他病倒在阿斯达波沃车站,就死在那里。事情发生得惊心动魄,全世界为之震动。这是为实现"言行一致"而做的伟大壮举,是用生命付出的最沉重的代价。

巴金的心和老托尔斯泰的心是相通的,他们的心是伟大的心,是严于律己的心,他们常常用鞭子抽自己的心。

巴金最讨厌的事便是向奴隶扬鞭,他为反对这种丑恶而战斗了一生。

可是,他却时时刻刻在抽打自己的心,为了决不再说空话、假话、套话。

梦和泪

梦是人生的一部分。

惯于把梦当作人生的一部分来描写的，有两位大作家，一位叫冰心，一位叫巴金。前者爱做美梦，后者爱做噩梦。

不管怎么说，人们由他们描写梦的文章里，知道了许多事和人；这些事和人曾经令中国最优秀的知识分子昼夜激动，思绪万千，从另外一个侧面展现了20世纪中国人的探索追求、苦难历程和爱憎情怀。

今秋，我去威海市开会，是一个有海峡两岸和海外华人作家学者参加的笔会，主题是"人与大自然"。会议期间有机会集体去刘公岛参观甲午海战纪念馆。参观之后，馆长要作家们题词。等人散得差不多了之后，我提笔悄悄地写了一小幅：

威海，你可知道，冰心曾为你流过多少泪！

搁下笔，抬头看陪我的接待者。我见他们一脸的疑惑，显然，都不大明白，怎么会写了这么一串字。

到会议结束的那天，会议主席让我也讲几句，我便说了我曾为纪念馆写字的事。

我是这么说的：

去年，是甲午海战一百周年，冰心先生打春天起就想写文章纪念它。有一次我去看她，一见面她就说："我要写一部大作品！"

说这话的时候，她表情很严肃，绝不是在说笑话。我着实大吃一惊。她这些年，是不写长文的。她的文章一篇赛着一篇短，差不多都是千字文，最短的不过才五十几个字。写短文是她近年的一种文学主张。她主张文章要精练，要短小，决不说废话，没有虚词，要干巴利落脆。

这次，居然要写"大作品"，这还了得！

冰心先生说她要写甲午海战。现在知道甲午海战实况的人已经很少了，她说她知道的相当多，是她的父亲告诉她的，是她父辈那些海军将领朋友告诉她的，而他们都是甲午海战的参加者，连她的母亲也是甲午海战的间接受害者。

冰心先生开始细心而热情地准备创作这部大作品。我看见她桌子上放着好几部不同的中国海军史，都挺厚的。她还请海军司令部派人来她家。她详细地向这些前来的海军军官询问有关海军的情况，以前的和现在的，诸如现在海军有没有上将，有没有巡洋舰。军官们很惊讶，怎么冰心会对海军这么熟。老太太笑眯眯地说:"我最爱海军。我是在水兵中长大的。"

可是,冰心先生竟没有写成,不是因为生病,而是因为哭。

每次提笔,她便大哭。

哭得完全不能写。

一边哭,一边说:"气死我了!气死我了!真可恨!真可恨!"她是说日本帝国主义侵略者真可恨。

我领略过几次冰心先生的哭。

那是一种真正的冰心先生的哭。

那是一种真正的大哭,很吓人。双手捂着脸,号啕大哭,声泪俱下,荡气回肠,毫不掩饰,不管当着什么人,来势极猛,像火山爆发,是一种最真挚的感情的流露。

我从此知道什么叫号恸大悲。

暑天八月,我又去看她。她的家人悄悄告诉我,她清晨又曾大哭,只缘想写甲午海战,竟不能提笔。完全没法写下去。我愕然,深深地被她的深仇大恨所感动。

以后,冰心先生病倒,住了院。

一部大作品,就这样没能写成,实在可惜了。不敢说,它必是杰作。但以冰心先生态度的真诚、思想的敏锐、文笔的清晰,它肯定会是一部心血凝结成的作品,字字都能滴得出血和泪来。有深仇有大恨必有大情,这是能出佳作的基础。

十年前，吴文藻先生病逝时，来了许多吊唁的友人和学生，冰心先生当着人没有落过泪。谁都知道，她和吴先生是模范恩爱夫妻。她把泪藏在心里，坦然度过了那段最痛苦的日子，后来写成一篇纪念长文，文字却非常活泼，还写了大量吴先生的笑话。可见，她并不有泪轻弹。

冰心先生的号恸全是为了可爱的朋友，为了多难的祖国，为了民族遭遇的屈辱和劫祸。多少次了，都是这样。她是一位真人，坦诚而透明，她落的泪，就是她的诗，一种最激烈、最博大、最无私、最奔放、最抒情的诗，字字都厉害，铿锵有声。

我讲的故事使在座的海内外同行们大为动容。他们此前都不曾听说过。大家都为先生未能完成那部大作而惋惜，以为是中国当代文学的一大损失，盼着老人能早日康复，将这个世纪故事最终搬上稿纸，了却她的最大心愿，也是大家的最大心愿。

梦是创作的一种源泉。

冰心先生喜欢清晨写作，思绪仿佛由梦境中直接流淌出来，记下来，便是一篇好文章。《病榻呓语》《我梦中的小翠鸟》《我的家在哪里》这几篇公认的冰心近年的代表作都属于此类。

梦中有欢乐，也有痛苦，有亲情，也有离别，有成功，也有失落，它们是梦的经纬，它们织出了一个璀璨多彩的美丽黄昏，为永不止息的生命做了一个高大的天幕。

冰心先生零零星星地告诉过我许多早年的故事，都和甲午海战有关。根据我的观察，她的这些故事迟早都会进入她的文章。类似的例子已经数不胜数。我相信，这大概已是一个规律：大凡在思想里反复出现过的故事，十之八九离日后落在纸上形成文字已经不是太远了。

我想，冰心先生说的那些故事可能就是"大作品"中的一些可贵的单元，也许正是它们不止一次地引得老人号啕大哭吧。

早年的中国海军中福建人居多。甲午海战和威海战役中牺牲的福州籍海军将士自然也占很大的比重。福州主街上一时间出现了许多报丧的白榜，差不多隔几个门就有一家的门上贴着这种不祥的死亡通知书。冰心的父亲谢葆璋先生是天津水师学堂的高才生，后来在北洋水师里服务，在德国制造的远航巡洋舰"来远号"上担任枪炮二副。当时他新婚不久，太太姓杨，出身于福州大户人家。他们那时还没孩子。这位新婚妻子外表文静，性情却很刚烈。国难家难当头，她暗暗地在身上揣了一块"大烟"，准备一旦白榜贴到自己家门上的时候，便服毒自尽，跟随为国捐躯的丈夫而去。她终日沉默寡言，镇静地等待着命运的安排，使得看见她的每个人都为她感到难过揪心。善良的公公看在眼里，私下嘱咐和她年龄差不多的两位侄女，寸步不离地跟着她，日夜守护，以防不测。这种顶着雷的日子一直延续了数百天，直到丈夫战败归来。这位文弱的中国妻子的形象很有典型性，她正是那些民族存亡关头苦苦支撑每一个行将破裂的家庭的主妇的代表者。她就是冰心的妈妈。

这个时候，冰心的父亲正在辽南大连水域上和日军作战。他的"来远号"战舰连中日炮数发，多处起火。他的战友死伤惨重。有一位他的同乡水兵，被炮弹击中，肠子飞到军舰的烟囱上，贴在那里挂着。战后掩埋尸体时，战友们把烟囱上已经烤干的肠子撕下，塞进他的肚子。冰心的父亲后来多次向小冰心讲述这位烈士的死难故事，说他的死极其壮烈，是中国士兵不屈的精神象征。

"来远号"在旅顺稍事修理之后，和丁汝昌的舰队一起返回威海，在刘公岛遭到日军由陆路上的包抄围攻。"来远"主炮在战斗中发挥了很大的威力，摧毁了已经被日军占领并对北洋舰队构成极大威胁的南帮炮台。后来，"来远"遭到日军鱼雷的袭击，被炸沉。谢葆璋泅水返回刘公岛。此后不久，北洋舰队全军覆没。李鸿章被迫签署了丧权辱国的《马关条约》。

过了六年多，这位叫谢葆璋的中年海军军官，带着他的一岁多的女儿谢婉莹来到离威海不远的烟台，创建烟台海军学校，立志报国雪耻。他让小女孩着男装，教她骑马，带她上军舰，听军乐演奏，看旗语挥舞，在她幼小的心灵上种上一种厮杀疆场的男儿英雄气概。这个小女孩就是日后的大作家冰心女士。在她95岁高龄的时候，她梦寐以求的头等大事就是记下幼年时父辈们多次讲述的那段可歌可泣的血泪史。

然而，直到最近，我还读过境外的评论，说冰心先生是一个唯美主义者，说她是淑女，说她的作品是风花雪月，脱离群众生活。这真是天大的误解，完全是误导，也是对冰心先生彻头彻尾的无知，不论是对她的作品，还是对她本人的经历。其实，自她"五四"初期的处女作始，她的早期"问题小说"，她的代表作《寄小读者》，她中期的《女人的故事》，她近期的《我请求》《我感谢》《空巢》《远来的和尚》《万般皆上品》《〈文革中的孩子〉序》等等，都正好和这种说法相反，完全是180度。

别的不说，只要看看她幼年跟随父亲在海军学校中的生活经历，只要听听她积压了近一个世纪的号啕大哭，就会一目了然她究竟是怎样的一个人，因为，归根结底，生活决定了一切。

这就是历史，没有半点含糊。于是，我们便要感谢她的经历了，使我们看见了民族的灵魂，血蒸出来的真文字。

梦充满了个人色彩，梦即性格。

冰心先生爱浮想，自称之为"昼梦"，白日做梦。这，或许，正是一位作家应有的素质。一日，去医院看她，见她正仰望白色的天花板。她却说："眼前是一片彩云，五光十色，一会儿一变，十分有趣。"问她何以如此，答："刚输了点血，可能是输了哪位艺术家的血。"自己率先大笑。

她爱做美梦，很美很精，令巴老羡慕不已。巴老说他自己是无论如何也梦不见这等美事的。

这就是可爱的冰心——永远不失赤子之心，永远追求完满和美好，永远充满朝气，不管有多少艰难险阻，无所畏惧，有"五不怕"，超脱得很。她胸怀宛如大海，可以波涛大作，可以平静如镜，擦去眼泪，依旧笑对人生，相信未来光明，只要敬业，只要脚踏实地，只要从教育入手，人类是必定前进的。

梦为她做证。

下午四点半，我去医院看望冰心先生，她正卧床小憩。我说我刚由威海回来，开一个环保文学会，她说她知道。我说那儿有座甲午海战纪念馆，很新很大很漂亮，就在北洋水师提督府旁边，她说她知道。我惊讶，老人躺在床上居然什么事都知道，消息很灵通。

我说这次去看见了"济远号"的大炮和其他零件，是近年从海底打捞上来的，使我联想起谢葆璋先生掌管过的"来远号"上的大炮。

我说这回去威海终于考证出谢老先生的战舰名字叫"来远号"。人家那儿有档案，全有记载。冰心先生饶有兴致地听着，连声"嗯、嗯"地应着。前些年冰心先生曾在一篇文章中误写为"威远号"。后来，有些专家指出不对,曾向她面陈过,她又写一篇文章,说可惜没问问舰长的名字,否则根据舰长是谁就可以认定究竟是哪艘。她对当时的海军将领的名字和业绩了如指掌,像萨镇冰、刘步蟾、叶祖珪、邱宝仁等,其中有的她还有许多亲身接触。

任何关于海战的谈话都能使冰心先生兴奋,都能引发她的激情,都能带她回到海浪、舰甲、军营的少年时代,悲壮慷慨的英雄豪气便会占满她的心田。此时的她很像一名拔刀出鞘整装待发的士兵,她便想到她要写一部大作品了。

可惜,岁月不饶人,病床使她壮志难酬。

要知道,那将是一部多么奇特的作品啊,世界上还不曾有哪一位作家有如此长久的有效写作期,能把近百年的亲身经历容纳在一部书里,除了她!

她的床头有一束鲜花插在瓶中,全是玫瑰,四朵猩红,三朵素白。瓶旁卧着一颗硕大艳黄的佛手,引得满屋飘香,淡淡的,清清的,幽幽的,伴老人渐入睡境。

冰心先生,她的自身存在和创作高潮的二度出现,已经成为本世纪中国文坛上的一大奇迹。她是"五四"新文学运动的最后一位元老,是世纪同龄人,她的生命和文章既是一种朴素的实实在在,又是一种伟大的象征,证明着生命力的顽强和潜力的无穷,以至,她90岁以后的每一个生日都自动变成各学界的喜庆日子,她的一举一动都成为公众瞩目的焦点,她的直言而短小的文章的魅力,宛如一石千浪,常常引来以麻袋装的众多响应信,于是,"冰心"这两个字便成了爱国、正义和坦诚的亲切而生动的化身。

老人,和她钟爱的多刺的玫瑰,还有那清香的佛手,真像是一幅天然美丽的图画,构成一个美梦。

噢,又是一个新梦。

1995年12月
(原载《中国作家》1996年第2期)

冰心旧居寻访记

冰心先生有三个故乡。第一故乡是福州,她生在那儿。第二故乡是烟台,她在那儿度过了自己的童年。第三故乡是北京。

论居住的时间,在第三故乡住得最长,截至今年(1992年)已经累计63年。

在北京,冰心先生前后住过六七处,其中有意义的是三处,即铁狮子胡同的中剪子巷、燕京大学的燕南园和中央民族学院新宿舍。

在这三处之中,最有意义的,也是最难找的,要数中剪子巷老门牌14号。

冰心先生恋大海,恋母亲,恋故乡。在故乡里,如果故乡能有好多个的话,顶让她想念的,是这个小小的院子。她管它叫作"家"。

在这个温暖的家里,冰心度过了整个的少女时期,直至大学毕业。

在这个温暖的家里，冰心发表了她的头一篇文章，正在"五四"运动之中，而且一发不可收。她的社会问题小说，如《斯人独憔悴》，她的被称为"冰心体"的短诗——《春水》集、《繁星》集，也都诞生在这里。

在这个温暖的家里，诞生了一颗新星，她一出现，便很耀眼，以她的博爱、真诚、机智在苍穹上闪着明亮的光辉。人们一下子都爱上了她。她才18岁。

冰心先生老了，九十有三。

冰心先生不老，她的笔还是那么犀利、透彻、机敏。

唯一能把这两者——老和不老——调和在一起的，是梦。

冰心先生多梦。

而且，常做美丽的、漂亮的梦！让巴金先生羡慕得不得了。冰心先生爱把自己的梦写在信上，向巴金先生报告：梦见了一只小翠鸟，又梦见了一只小玉瓶，晶莹玲珑。

她梦见了家，中剪子巷的家，穿过日月分秒，迈过高山巨川，一下子就踏进了家门，那个使她牵肠挂肚萦心绕脑的家。

梦中的家跳到纸上，便有了著名的散文《我的家在哪里》，是她的最新的一篇，也是最感人的一篇。

> 梦，最能"暴露"和"揭发"一个人灵魂深处连自己都没有意识到的"向往"和"眷恋"。梦，就会

告诉你,你自己从来没有想过的地方和人。

……

只有住着我的父母和弟弟们的中剪子巷方是我灵魂深处永久的家。连北京的前圆恩寺,在梦中我也没有去找过,更不用说美国的娜安辟加楼,北京的燕南园,云南的默庐,四川的潜庐,日本东京麻市区,以及伦敦、巴黎、柏林、开罗、莫斯科一切我住过的地方,偶然也会在我梦中出现,但都不是我的家!

……

万万没有想到我还有一个我自己不知道的,牵不断,割不断的朝思暮想的"家"!

中剪子巷在北京东城区铁狮子胡同(现张自忠路)的中段路北。1987年6月27日我在这里找到了冰心先生的家,新门牌是33号。经过反复核实,还到过派出所查对,它就是老门牌14号。它还在,老了,破了,不像样子了,但还在,没有塌,没有拆。

进中剪子巷南口,经过三个门和一个公共厕所,有一条向西的小胡同,路北第一个门就是33号,小胡同的尽头是中山先生寿终的寝宫后门。冰心搬来时还有梳两把头的旗人妇女出入呢。

小院是个三合院,有东、北、西房,而没有南房。一开始,冰心住在东房,后来住北房的东间。屋里有土炕,冰心自己设计在墙上开了壁橱。她的问题小说和小诗都诞生在这小房间里。

她在这里生活、读书、写作了十年。一颗少女纯洁的心在这里跳动了十年，却征服了一代、两代、三代、四代人。

小院子现在依然很幽静，虽然住着不止一家人，他们默默无闻地忙碌着，每天进进出出，根本不知道70年以前有一位少女奇才也和他们一样进进出出。

这儿，就是冰心梦的发源地。

我们给这所房子拍了照，还录了像，拿给冰心先生看。她一边看一边摇头，说她看着伤心。冰心先生爱整洁，就怕不收拾，就怕漫不经心。冰心先生的表情充分说明她对这所旧居有着深厚的感情。她爱它，想看它以前可爱的样子。

据冰心先生回忆，进门东边有个旁院，当时住着一家旗人，姓祁。在大门口，谢葆璋先生加了一座影壁，上面有电灯，旁边可放花盆。还有一面有个小空场，谢老先生在那里架了秋千供孩子们玩，是儿童小乐园，邻居们称这里为谢家大院。如今，小空场、影壁、小小楼都不见了，只有旁院还在，而且正院、旁院院内都加盖了小房。

"谢家大院"已被人们忘记，而且，它老了，破了，不像样子了；可是，不管怎么说，它还在。这里是冰心先生第一批作品的诞生地。它是一位杰出的中国现代女作家的"摇篮"。这是它的骄傲！

真人
——冰心辞世十年祭

对人对事从不虚假掩饰

冰心老人最大的特点,用一个字概括,就是"真"。她是一个真人。真正做到"真",其实是很难很难的。冰心老人却做到了,在生活中,在任何一件事中,不带任何虚假,不带任何掩饰,直面道来,以至每一件事,甚至每一个字,在她老人家身上都是与众不同的。

有一次,我正在她的书屋兼卧室和她聊天,来了一对中年夫妇,带着一个八九岁的小女孩。这个小女孩姓张,来自西南地区的一个省,是少数民族。据这对夫妇介绍,小女孩会画画,擅画小鸡,得过不少奖,有一份获奖清单,在报刊上有过许多报道,并说现在许多孩子都嫉妒她。冰心老人听到这儿立刻不高兴了,她指着站在书桌跟前的小女孩说："她一进门就看见了我桌旁叫人用的电按钮，问这是干什么用的。哎呀，多么天真可爱的小人儿！会画画，一定很招别人爱的，可是，却遭嫉妒，那都是父母坑的！"她提起笔来，给小女孩写了几个字："愿你像一棵小野花，在大自然里成长。"她劝这对夫妇马上停止这种展览式的周游，赶快回家去。父母到处吹捧一定会导致别人的嫉妒，这是父母的过失。她还说，其实许多人是不懂得怎样做父母的。

"民进"妇女部的干部来求她为"三八妇女节"题几个字，她爽快地提笔就写，然后轻轻地说："你们应该多下去看看，帮助下面解决一些教育方面的实际困难，尤其是儿童失学问题。"对方说："没钱呀，怎么下得去？"这样的事，遇得多了，她酝酿了很久，1987年写下那篇著名的《我请求》，请求大家都来读一读《教育忧思录》，都来关心教育。一石激起千层浪，《我请求》发表之后，读者来信像雪片一样飞来，纷纷寄到冰心先生家中，持续半年之久，反响之热烈远胜过当年的《寄小读者》。老人认真地读了每一封，有老师们的，有孩子们的，有家长们的。她郑重地保留了这些信，最后整整装了一大麻袋，都送给了中国现代文学馆。

冰心老人80岁以后腿脚不便，要靠助行器才能在家里做少量自主活动，绝大多数时间则坐在书桌后面写作和阅读。她阅读的范围极广，知道几乎所有新作品的内容和作者,还常常主动写评论和介绍。

1989年8月25日,老舍忌日的第二天,冰心先生坐着轮椅到北京图书馆去看"老舍生平和创作成就展",她一点一点地向前移动,看得很仔细,快到结束的时候,老人家突然失声大哭,毫不掩饰,双手捧面,热泪横流,吓得陪护她的人推起轮椅就跑,跑进电梯,她还在哭,扶上汽车,还在哭,回到家里,好不容易才转成低声的抽泣,半天说了一句话:"要落实知识分子政策!"

她为福建大学生题词"知足知不足,有为有不为"。她解释说:"有的能做:爱国、上进;有的不能做:不爱国、不上进。知足:生活上、物质上要知足;不知足:知识上、学习上要不知足。"

有一位作协领导人大年初一来拜年,冰心先生正好在吃饭,她对此公一向不感兴趣,便问他:"有事吗?"对方说想求一张字,冰心老人笑一笑,说,"买宣纸来!"等他走后,冰心先生悄悄地说:"其实我已想好了写什么,但要等他送纸来,如他真来,我就会问:'宣纸买了吗?'"

冰心先生非常坦爽地评价她的上代、同代和下代作家同行们,毫不隐讳,有说好的,有说不好的,有喜欢的,有不喜欢的,还有很反感的。她让孩子们叫伯伯的有两位:舒伯伯(老舍)、罗伯伯(罗常培),叫舅舅和叔叔的有三位,李叔叔(巴金)、饼干舅舅(萧乾)和赵叔叔(赵朴初)。

"毛主席有五不怕，我也有几不怕"

冰心先生总爱说："毛主席有五不怕，我也有，我起码也有几不怕，一不怕离婚，我老伴已经没了，二不怕撤职，我不是官，……就是杀头，我也不怕，反正要死了。"她说："我最相信两条：一条，人民的眼睛是雪亮的，一条，历史是人民写的。"她还说："我很老了，以前喜欢风花雪月，现在不爱看了，已经经过了，很淡薄了。写些人间不平事吧，为别人多说点公道话。""不要看一时多么有权势，没有用，自己再吹嘘，或者再谦虚，也都没有用。真正厉害的是人民，还是那两句话。"

长城饭店美方经理曾邀请她的小女儿吴青去做中方经理人，冰心先生、吴文藻先生和吴青本人都不干，认为还是教书育人好，说："人是不能为钱而活的！"如孟子所说："匹夫不可夺志也。"

高洪波拿来《人间小品丛书》中的《冰心集》，她看了以后说其中只有两篇好，一为《到青龙桥去》，二为《观舞记》，其余都"幼稚"，现在看了脸红，不好意思。

石家庄河北人民出版社替冰心先生出了一套《冰心选集》，有六卷，她看了第六卷，是评论和序跋集，她说

"无聊",我以为是书出版得不好,她说,不是,是自己"写得无聊",不好意思看下去,一再说"无聊、无聊"。

这是冰心先生晚年对自己早期作品的评价,这种话她说过不止一次,是极真诚的,是经过深思熟虑的,所以一再重复,而且公开地讲。她说她的作品现在有两点重大变化,一是如前所述不再写风花雪月,二是越写越短,短到甚至一篇文章只有一百多字。

冰心先生说她早年文字有的许多修辞是自己发明的,在别人看来很新颖,或许很难懂,甚至有些深奥,句子一般比较长。她说现在写东西力求简明,越写越短,几乎不用形容词,说明白了即可,平铺直叙,直截了当,不说废话,只做减法,不做加法,清清爽爽,通俗易懂。

冰心先生眼睛很好,多小的字都能看,而且看得仔细。我替她编了一本《冰心九旬文选》,是本小书,由梁凤仪的"勤十缘"出版社出版。给冰心先生送去样书之后,第二个星期再去时,她把样书还给我,说:"上面有四十个错!"我打开一看,她已一一用圆珠笔在错的地方标出,并一一改正过来,字写得很小。她由头到尾一字不落地认真读了一遍。

冰心先生的许多观念与众不同,而且直接表达出来。比如尊重妇女,夫妇两人去拜访她,男的岁数大一些,女的年轻一点,只有一张小凳可坐,男的先坐下来,冰心先生马上让男的站起来,要女的坐,叫男的在一旁站着说话，但她并不直接说明缘由。客人当然明白，她是故意表示在她这儿妇女是第一位的，不管这位妇女有多年轻。又比如她永远要干净整洁，毫发不乱，自己的衣裳朴素大方，永远整整齐齐，端庄大气，颜色或白或灰或蓝或有小碎花，着布鞋。臧克家先生说冰心先生即便在湖北下放干校劳动的时候也是干干净净，将袜子套在裤脚外面，很利索，在逆境中也风度不减，一副正气凛然不卑不亢的样子，让人敬佩。这正是她的人生态度。

我于90年代初在张自忠路中剪子巷33号找到了冰心先生早年的旧居（原14号），这是她少女和年轻时居住过的地方，而且在此成名，先后住了16年。我带了个电视小分队去把它拍下来，然后放录像给冰心先生看。冰心先生大为高兴，后来还专门写了一篇散文《我的家在哪里》，说她一生住过许许多多地方，能在高龄时进入她的梦乡的偏偏是这座院子，可见这才是她的"家"。

内心刚毅，一点也不"淑女"

实际上，冰心先生是一个意志很坚强的人。她外表很慈祥，很温柔，从不说什么过于严厉的话，而且爱说爱笑，生性活泼，高兴起来像个"人来疯"，很容易接近，很容易让别人敞开心扉,但她内心是很刚毅的,倒像个男的,一点也不"淑女"。

冰心先生写了一篇悼念邓颖超大姐的短文,引了巴老的一句话——"她是我最后追求的一个榜样",结果发表时被删除,她勃然大怒,当面责问报纸的总编和副总编,一定要讨个说法。

冰心先生11岁以前在家里是被父母当男孩养的,着男装,骑马,打枪,游泳,向往着当军人,当水兵,父母不怎么管她,自由自在,是父母的"野孩子"。11岁回到老家福州,生活在一个大家庭里,每一次穿女装,就大叫:"真是难受死了。"

冰心先生从来没化过妆,只在美国当学生演《西厢记》时化过一次妆,是闻一多替她化的。她主张素面朝天,说:"描眉画眼的,干什么!"她认为天下以福建女子为最美。福建女子均光脚,着荼衣,不化妆,是干活能手。

冰心先生在福建的时间很短,但她以自己是福建人为荣,心中常常惦记着福建乡亲们的安康,哪儿遭灾,哪儿发水,都马上要捐钱捐物。我有一次去看她,发现家里只有她和女婿陈恕的大姐陈玙两人。见我来了,立刻吩咐大姐快出去,问干什么,说福建发大水,恰好刚收了一笔稿费,请大姐赶快上邮局寄去救灾。

冰心先生的母亲就是一位性格刚强的女子。她出身望族,是大家闺秀,嫁到谢家之后夫妇感情很好,丈夫在海军中当差,正好遭遇中日甲午海战。中国近代海军中福建人很多,也牺牲了许多,一时福建街上隔三岔五地出现了不少"白榜",那是类似阵亡通知书的东西。他们夫妇结婚七年,曾生育过两个男孩,但都没有留住。她恐怕"白榜"早晚也会贴到自己家门口,便悄悄在怀里揣上一块"大烟",随时准备服毒跟随丈夫而去。冰心平常喜欢讲甲午之战的故事,那些故事都是父亲和母亲讲给幼小的冰心听的,其中最悲壮的就是年轻的母亲这段准备为国为亲人牺牲的故事。

想写一部"大作品"

1993年冰心先生对我说要写一部"大作品",她说要纪念甲午之战一百年。她估计大概只有她能写,只有她知道那么多真实细节。她桌上有大本的海军参考书,还专门请海军军官到家里来,搞调查。她爱海军,爱看海军行礼,爱看描写海的书,过去上过一切带"海"字的军舰。她还知道许多海军将领的事情,背得出他们的名字和他们所在的舰艇名字。最经常提到的是萨镇冰将军——中国近代海军统帅。她父亲谢葆璋先生当过他的副手,知道萨氏非常多的事情。她写过一篇小的《记萨镇冰先生》的文章，后来一直想写一部大的详传，由于抗日战争的原因也未如愿，这是她的另一个遗憾。她还经常提到张伯苓和黎元洪的名字，这二位都是谢葆璋先生在天津水师学堂一起学习的同班同学，后来二位在近代史上都是赫赫有名的大人物。

由1991年准备起到1993年动笔写甲午之战，前前后后写了半年的样子。多次起头，多次大哭，多次搁笔。我有两次看见她眼睛红红的，问大姐怎么回事，悄悄回答说，昨天大哭过，今天又哭过。为什么？冰心先生只回答几个字：恨死了！气死了！她是说她恨死日本军国主义，恨死日本侵略者，想起来就生气。后来冰心先生身体不适，频频住院，作品就此搁置，只留下了很少的草稿片段。

冰心先生由父亲、母亲那儿继承下来的刚毅性格，使她一生挺过了许多艰难险阻，也创造了几个"第一"。早年在"五四"运动时期，她是第一个走上文坛的女大学生，那时她刚好18岁，正读大学一年级，接着她发表了新诗集《繁星》《春水》。在燕京女校，周作人先生在课堂上讲解《繁星》《超人》，他的学生，一位名叫谢婉莹的姑娘红着脸低着头在下面听讲，周先生不知道她就是冰心，她在学校也从不用冰心的名字。由美国留学回来之后，在母校燕京大学教书，当讲师，是"小字辈"，她的同事全是她的老师，她被称为"婴儿"。开教授会的时候，她总坐在门口，但学生们喜欢她，她的年龄和他们相仿。冰心先生教广东、福建来的南方学生说北京话，她小时候和保姆们学的北方绕口令此时派上了用场。1945年以后跟吴文藻先生到日本去，是日本东京大学的第一位女教授，讲授中国文学，专讲古典的反战诗歌。

笔名含意"冷若冰霜"

女孩子到了恋爱年龄也是人生一大关口，尤其像冰心这种成名很早的女孩，走到哪儿都被崇拜，被包围，她收到的情书多得不得了，她看都不看就交给母亲，但是有一条，就是绝不让对方下不来台。她弟弟的育英学校男同学曾对弟弟说：你姐姐真是颜如桃李，冷若冰霜。"冰心"这个笔名，表面看是出自"一片冰心在玉壶"的典故，含意也很不错，但冰心说，恰是那个"冷若冰霜"的意思。

冰心的恋爱、婚姻、家庭都堪称典范，一辈子没有任何绯闻。"反右"时，她一家三个男人被划为"右派"，丈夫、儿子和三弟。开人大会时，在福建团里，冰心先生遭到围攻，责问她吴文藻是怎么成为"右派"的。冰心气得不行，去找周恩来总理评理。她说："如果吴文藻是一百分的反党，我起码是五十分，我和他没法划清界限，我也帮不了他。"周总理听了哈哈大笑，说："好吧好吧，你回去吧。我知道了，我和他们说。"结果，福建团的代表们一个个跑到冰心先生家里来赔礼道歉。

到了"文革"，又是被抄家、揪斗，说她是司徒雷登的干女儿，最后被下放劳动。还是周恩来总理借口要迎接尼克松访华，要翻译尼克松的《六次危机》给毛主席看，把吴文藻和谢冰心中途由干校叫了回来，以后又集体翻译了《世界史》和英国文豪的《世界史纲》，算是熬过了"文革"。

改革开放之后，冰心先生在停笔十年之后恢复了创作，她写小说，写散文，写随笔，写评论，迎来了自己的第二个创作高潮。但在这个阶段里她碰见了针对她的"删改风"，曾有几次大的删改让她火冒三丈，也引起了不大不小的风波。比较重要的几次有前面提到过的那篇纪念邓颖超同志的文章中那句巴金的话，还有在《我请求》中要删掉一句关于战后日本每年的教育费是多少的话，还有《〈孩子心中的"文革"〉序》中要删掉引用自孟德斯鸠的一句话，等等。遇到这些砍删，冰心是要较真的，她要讨个说法。

1995年以后，冰心开始频频住院，身上不是这儿痛就是那儿痛，但是她依然很乐观，总开玩笑，说"老而不死是为贼"，说是没有牙的"无齿之徒"。总做好梦，一会儿梦见玉瓶，一会儿梦见小翠鸟，一会儿梦见抓小偷，用英文大叫"警察"，把这些通通写信告诉巴金先生，害得巴金先生羡慕之至。

有一天我去看她，她当着大姐的面说："我写了遗嘱，封在信封里，放在这个抽屉里，等我死了以后，你就来取。"她指着书桌正中间的抽屉很郑重很神秘地叮咛我，因为这里面有好几项是涉及文学馆的，如书、照片、钱、图章，除少量代表作留给子女做纪念之外，她都要捐给文学馆。此外，对骨灰处理、悼念活动安排、房屋遗产等，她都一一做了安排，以基本捐献出去为好。这是她的清醒、大度和明智。

冰心先生去世后，征得儿女们的同意将吴谢二人的骨灰盒，一个不锈钢的密封小罐，放入中国现代文学馆冰心雕像旁的大石块下面。文学馆的冰心雕像是钱绍武先生的作品。雕像立在院中的草坪上，雕的是冰心年轻时的形象，是一尊坐像，洁白无瑕，眼睛炯炯有神地凝视着前方。在雕像左后方的石头外面一侧刻着冰心先生一句名言："有了爱就有了一切。"石块背面镶嵌着一块铜牌，上面是赵朴老题写的墓碑。

一生的朋友

冰心老人毕竟是个世纪老人、百岁老人，见多识广，走的地方多，经历的事情多，能够处变不惊，能够洞察入微，能够包容万变。走到她身旁，立刻会被她的精神状态和看问题的角度所感染，立刻有一种安详的异样感觉，奇妙之极。

别看她很年迈，甚至走不动路，但她一点也不老。你一进门，她会马上说："想你啦！"马上让人拿东西来吃，比如煮白薯，比如冰激凌，这都是她爱吃的东西。还有薄荷糖，一种很辣很凉很冲的进口薄荷糖，和她一起分享，然后就立刻聊天，进入她的回忆。

冰心先生和夏公是最要好的猫友，夏公曾借给她一部《猫苑》，共两册，线装，咸丰年间印制。夏公对各色猫咪的爱好次序是"黄、黑、花、白"，而冰心先生的顺序正好相反。夏公曾建议他和冰心先生两人发起一个"爱猫协会"，冰心先生说"不成，因为咱俩都属鼠"。夏公和冰心先生同岁，夏公比她小26天。有一回周总理说他本人和老舍、王统照、郑振铎同庚，都属狗，并问冰心你属什么，冰心答："属耗子。"总理大乐，问为什么不说属鼠，答因为一想到鼠就想起了"小耗子上灯台"这句民谣。

冰心先生这只大白猫有许多故事，最爱照相，常常抢镜头，所以它和冰心先生在书桌前的合影最多，因为常常带它到外面去散步，故不怕人。有一次忽然走失，急得冰心先生坐卧不宁，亲自写了一张寻猫启事贴在大门上。找回来后，冰心先生每天都撕干鱼片给大白猫吃，这是给它的"特供"，冰心先生说做这个动作对她自己有好处，可以活动手指练手劲。别的猫来做客，大白猫很不高兴，反感，躲在冰心先生腿下大叫，首先受不了的倒是冰心先生自己。吴青常常夸奖大白猫懂英文，知道"起立、坐下"这样的英文口令，冰心先生笑道："只要你手里有好吃的，它什么话都懂！"冰心先生住院时，很想念大白猫，吴青抱它来过医院几次，它总是一头扎进冰心先生的被窝里不出来。冰心先生去世后，大白猫也跟着离世了。

冰心喜欢植物，喜欢花草，这和她是福建人有关系。福建的花非常多，她的父亲喜欢养桂花、兰花和荷花，冰心过生日，父亲总是要送她桂花，所以她对桂花情有独钟。到了北方，花少了很多，但冰心先生家中从不缺花，一年四季总不断，有水仙、君子兰、康乃馨、玫瑰、月季、百合等等。冰心先生曾约邓颖超大姐一同去花圃赏花。她的君子兰一年开两次，她说谁要说自己家的君子兰不开花，她就占便宜了，因为她的君子兰开花，故为君子。到过生日时，她家就成了花的海洋，每个角落里都有花。90岁大寿时，挚友巴金先生特意托人送来90朵红玫瑰。

冰心先生是文学研究会最早的会员之一，是许地山先生和瞿世农先生把她"拉"进去的。她和许地山先生比较熟，在燕京女大，许地山先生是她的老师周作人先生的助教，曾一起编过杂志，以后又同船去美国留学。在船上她曾托许地山先生找一位同船的吴先生的弟弟，叫吴卓，结果找来的却是吴文藻先生，无意之中掀开了他们两人的交往乃至后来恋爱、婚姻的序幕。后来许地山先生和周俟松女士结为夫妻，婚姻消息是在燕京大学一位美国女教师的家里宣布的。那天全是说英文，轮到冰心先生致辞，她用中文致贺词，讲了船上那段趣闻，说那天和今天对彼此来说恰是一种"交换"和"补偿"。

在燕京的学生里面，冰心先生最喜欢焦菊隐和高兰。她那时刚26岁，而焦是大龄学生。她讲高年级的选修课欧洲戏剧史，照本宣科而已，故劝焦别听。有一次在教室里行脱帽礼，焦先生脱了帽子，里面还有一顶压发帽，冰心先生说："您的帽子还没脱！"引起哄堂大笑。焦先生后来办中华戏校，有四个班，德、和、金、玉，出了许多名角，如王金璐、李玉茹等等。冰心先生爱听京戏，焦先生专门为冰心先生在吉祥剧场留一个包厢，她可以随时去听戏。

冰心先生和梅兰芳先生有很好的交情，林纾是冰心祖父的朋友，梅先生到福州去唱戏，义演，不要钱，为的只是要林纾一首诗，这首诗冰心先生居然还会背诵。到北京时，房东老太太常请冰心母亲去看梅兰芳唱戏，但母亲常犯头痛，不愿去，都由冰心代理，那时冰心13岁，而梅兰芳19岁，常和王瑶卿先生配戏。当时，冰心觉得梅兰芳长得真漂亮。解放后，冰心、梅兰芳和周培源都是人大代表,开会时去得早了,常在一起聊天,梅先生说自己"又肥了",冰心马上说:"别再胖了,不好看了!"在燕京时,学校曾请梅先生去演戏,然后吃饭,由冰心作陪,梅先生告诉她,他小时候练功,要在水缸沿上走,老师拿着鞭子看着,走不快就打,太苦了。冰心先生的表兄刘放园到上海住在一姓沈的朋友家,冰心去看表兄,在门口按铃,正好梅兰芳坐车也到了门口,便一同进去,在院里要走很长一段草坪,她拿着一只小皮箱,梅先生便帮她拎着。后来表侄说:"表姑真不简单,梅博士当过您的'红帽子'!"冰心说:"梅先生很风雅,写字画画养花养鸽子,样样行,很有修养。"

还有一件事是关于丁玲先生的,丁玲先生在回忆录里从未提到过。丁玲先生在南京出狱后,被软禁在家中,很苦闷。冰心先生知道后,约她出来同游玄武湖,在船上说话方便些,有萧乾和李达同在。李达对丁玲说,不妨借机逃出来离开南京。后来,丁玲果然伺机潜入陕甘宁边区,到达延安,开始了新生活。

与吴文藻的一世情缘

冰心和吴文藻的情书曾经放在两个盒子里保存着,吴文藻印有专门的信纸。在美国留学时，吴文藻基本上一天一封信，同学们都知道冰心有一位好朋友，就是每天写信的那位。抗战时，吴家离开北平时，两盒情书寄存在燕京大学图书馆里，后来遗失了，下落成了一个谜。

吴文藻和冰心一家由日本秘密回国是由周总理亲自安排的，安全部具体实施营救和迎接的。到北京后周总理专门为他们买了一所小房子，在东单洋溢胡同，并暂时对外保密。周总理亲自接见了吴先生和谢先生，详细听取他们的汇报，并一再叮嘱，今日所说一切"打死也不说"！"文革"时造反派追问她，对周总理都说了些什么，她始终保持沉默，硬顶着，不吐一字，心里就默念着周总理那句话："打死也不说。"

刘半农先生是无锡人，吴文藻先生是江阴人，为近邻，过去有"江阴强盗无锡贼"的说法，故两人被朋友们戏称为"强盗"。吴、谢婚后，刘半农先生曾送来一枚图章给冰心先生，刻上"压寨夫人"四字。赛金花是冰心先生介绍给刘半农先生认识的，并由她带刘前往赛家，为的是写《赛金花传》。见面那天，赛金花还专门打扮修饰了一番，身旁有北京巴儿狗，不止一只。

冰心先生跟刘半农的弟弟刘天华学过弹琵琶，原来想学吹笙，但刘天华说她以前吐过血，学吹笙恐怕对身体不利，以学琵琶为好，故赠冰心先生一个小号的琵琶，因为冰心先生长得小巧。可惜，仅学了几次，天华先生就英年早逝。冰心先生说，刘半农先生要比刘天华先生幽默，爱说笑话。

冰心先生和吴文藻先生的结婚典礼是在燕京大学临湖轩举行的，证婚人是司徒雷登先生。临湖轩这个名字是冰心先生起的，三个字是胡适先生书写的，刻在木匾上，用墨绿漆着色。"燕京大学"四字则是蔡元培先生所书，现今都应该是文物了。

在燕京大学，冰心先生住在燕南园60号，是司徒雷登先生专门为吴文藻先生和冰心先生夫妇盖的二层小洋房，设计得当，盖的质量也很好。吴谢一家由1929年一直住到1938年。1937年由欧洲旅行回来住了不多的日子，就爆发了"七七事变"，1938年由沦陷的北平逃出，经上海、越南等地到了云南。

结婚典礼当日，冰心脱下礼服之后，穿上普通衣服，坐上司徒雷登先生派的小汽车，被送往西郊的大觉寺。燕南园60号当时还未完全装修好，要等一些日子才能入住。那是个星期六，派了一名工友给二位新人做饭，星期一还要赶回来上课。汽车后面按美国习惯挂满了破鞋，取祝福之意。小汽车引来许多附近的居民在庙外观看，问是干什么的，答是送新娘子的。"在哪儿？""在那儿！"用手一指，只见一名年轻妇女坐在庙门的门槛上，正在啃黄瓜。冰心爱吃生黄瓜，庙门口有卖，便买来，坐在门槛上当场吃起来。村民大惑不解，连说："不像！不像！"

这就是冰心先生,一位朴实无华的、相当特别的但又完全真实的冰心先生。

(载《文汇报》2009年4月10日)

对"雅舍"的记忆

北碚蔡锷路上有一座抗战时梁实秋先生的故居。它距我家不远,沿蔡锷路向重庆方向走,走十分钟就到,在路的右侧。不过,当时,这座房子没有门牌编号,属于编外,可见,房子一点也不显赫,是那种简陋的农舍。

文人总离不开信件,为了便于邮件投递,梁先生和他的老同学吴景超先生一家合租了这间农舍。吴太太,姓龚,名业雅。农舍取名"雅舍",奥秘在此。

"雅舍"并不靠着公路,而在公路上方,有几十磴台阶要爬。这条台阶给造访者留下了深刻印象。冰心先生就描写过这条台阶。她是由歌乐山前来北碚访问的。年轻时,冰心先生、吴文藻先生和梁实秋先生曾经同船赴美留学,是深交的老朋友了。

我刚到北碚时,身体瘦弱,水土不服,长了一身的天疱疮,很痛苦。母亲带我到江苏医学院附属医院去治疗。这所医院是由南京搬来的。里面有很好的大夫。外科主治大夫姓刘，名燕公，身材矮小，但医术高超，是留日的学生。

江苏医学院附属医院也在蔡锷路上，恰好在"雅舍"的对面，在公路的另一侧，左侧，依坡而建，进了门越来越往低处走。

当时，大后方有两种病很流行，一种是疟疾，俗称打摆子；另一种是盲肠炎。前者，一般人十之八九要得，后者，得者一般也过半。对父亲，这两样病就都患上了。1943年夏他便入了江苏医学院附属医院，由刘燕公大夫主刀，割除了盲肠。他曾写过一篇很幽默的《割盲肠记》，就是描写这段经历的。一来二去，自然就和刘大夫很熟了。我的病也就拜托他给治疗。

一开始是上外敷的药。左一块，右一块，用橡皮膏满身地贴纱布，在纱布上涂药膏。得天天换药。早就到医院去换，晚则到刘大夫家换。母亲带我去刘大夫家。巧了，他家住在江苏医学院附属医院的正对面，紧挨着公路，住的也是一间农舍，非常的阴暗，条件很艰苦。

母亲指着刘大夫头顶山坡上的小屋说：梁实秋先生就住在那儿。梁先生当时是我母亲的顶头上司。她和父亲曾拜访过"雅舍"。父亲有时还上梁先生这儿来打麻将。

我由此而知道了"雅舍"的位置。这对我日后辨认"雅舍"的准确位置起了大作用。

上药，病并不见好。今天好了这儿，明天那儿又往外拱脓。刘大夫建议,换一种新办法治疗:抽亲人的血,往我身上注射,增加我的抵抗力。这是刘大夫参考外国医学书推荐的法子。母亲自告奋勇,要抽她的血。等到往我身上打的时候,竟找不到血管。胳膊又细又小,左扎右扎都扎不进去。害得我放声大哭。母亲在旁边看了,十分不忍,她也难过地落下泪来。

她落泪的样子,仿佛历历在目,我竟然记得十分清楚。我深切地体会到什么叫慈母心。我以后对母亲一直都十分敬重和爱戴。我身上流淌着她的血液和眼泪!我爱她,深深地。

1988年,重庆举行第四次全国老舍学术研讨会,我随与会代表访问北碚的"老舍旧居",遇见了在那里编北碚地方志的李萱华先生。他说他正在寻找梁实秋先生的"雅舍"旧址。他告诉了我三个供选择的地址,说还没有确定是哪一处,要我帮他参谋一下。

我当时凭直觉判断,那三处都不对。应该是在蔡锷路边上,在刘大夫住处遗址的斜上方。

我对李萱华说:且慢,容我回北京,和母亲核对之后,再写信告诉你。

回到北京后,我问母亲:"雅舍"是在刘大夫家的上边吗?她肯定地说"是"。

我心里有了底。刘大夫家的位置我太熟了,天天去呀。

我画一张草图，标明"雅舍"所在的方位，寄给李萱华。

他按图索骥，一找一个准。"雅舍"的位置终于被找到。而且，它居然还在。

又过了几年，我陪同日本老舍研究会访华团访问北碚。在参观完"老舍旧居"之后，由李萱华先生作陪，一起来到已被找到的"雅舍"旧址。这是我第一次就近参观"雅舍"。

当时"雅舍"极破旧，简直不像样子了。

但是，确实是原物，没有变，只是摇摇欲坠。

抗战时，"雅舍"里住了两家，现在，住着六家！

居民们全然不知这里住过什么人物，他们盼望着赶快把它拆掉，盖新房，改善居住环境。

日本代表团团长中山时子教授当即表示，一定要呼吁保护这所房子，意义重大，千万别拆了。她还向随同访问的记者说，请你们在报上也披露一下，引起各方的重视。

我回北京后，立刻写了文章，题目叫《我找到了"雅舍"》，发表在《人民日报·海外版》上，在海内外引起了保护"雅舍"的热潮。

又过了几年，重庆方面传来了好消息："雅舍"被重庆政府确定为"重点文物保护单位"，决定投资把居民迁出，彻底修缮。从这个时候，重庆北碚区文化局的同志就不断和我联系。我也和梁文茜大姐经常通话。由她那里知道了不少"雅舍"的故事。

2003年底"雅舍"修缮完毕,准备正式对外开放。北碚文化局要我写个《前言》。我遵命完成。

2004年2月3日,我专程到了北碚,并为"雅舍"对外开放剪彩。

"雅舍"修得极漂亮,展览也办得精彩,成为国内最好的作家个人纪念馆之一。

我看见了那个我写的《前言》,它挂在"雅舍"的墙上。我很高兴。

我绕到"雅舍"后面,在山坡上的新修的小亭子里坐下,举目四望,感到十分温暖,十分欣慰。

优秀文学是永存的,有"雅舍"为证。

我去过台北的师大,那里也为梁实秋先生建了一个纪念室,只有一间房,里面东西也很少,和梁先生在台北待了那么长的时间很不相称。

相比之下,重庆对梁实秋先生不薄。

小雨微微地下着,"雅舍"院内梨树的叶子被洗得很干净,虽是早春,却依然茂盛而翠绿,显得勃勃有生机。这个地方现在叫"梨树村"。"雅舍"让梁实秋先生不朽,梁实秋先生让"雅舍"不朽,他们互为因果,双双不朽,多好哇!

历史常常走弯路,一会儿升一会儿降,有点令人捉摸不定。

但终归能有定论,60年啊,60年,一个甲子,很短暂,又很悠长。

我提笔在"雅舍"的纪念簿上写了六个大字:"梁公雅舍永在",然后,很轻松地走下台阶,回头看,有两个大字嵌在路旁的石头上:"雅舍"。

它,确实永在。

台静农先生二三事

　　台静农先生是我国著名的"五四"文学家,鲁迅先生弟子。鲁迅先生曾对他的第一部短篇小说集《地之子》写下过这样的评论:"将乡间的死生,泥土的气息,移在纸上。"台先生有学问,交游广泛,思想激进,曾被反动当局阴差阳错地逮捕过三次。抗日战争后,到了台湾,在大学教书,后来阴差阳错地又遇上了蒋介石兵败大陆移避台湾。他不敢有任何言论,老老实实做学问,以教书和写字为生,结果不仅是桃李满天下的大学者、大教育家,又阴差阳错地成了台湾数一数二的大书法家。

　　我没有见过台静农先生,但是他的名字对我一点也不陌生,甚至可以说还很亲近。他是1990年在台北去世的。就在他去世之前,他还寄来一幅字,书写老舍先生的一段小文,是赠给老舍夫人胡絜青的。早年,在青岛,他曾在山东大学任教,时间不长,是1936年秋至1937年秋,也就是一年的时间吧。在那里,他认识了老舍先生,而且成为好朋友，或者，更准确地说，成了酒友。1944年春夏之际他写过一篇文章，题目很醒目，叫《我与老舍与酒》。这篇文章题目，在台先生去世三年后，居然成了台湾经联出版公司正式出版的台静农散文集的书名，变得非常有名了。本来台静农先生喝酒是有名的，但是，唯独在自己的酒友中单独写"与老舍"，可以看出在他心目中和老舍友谊的特殊分量了。

青岛有一种酒，叫"即墨老酒"。胶东人口音很重，把"墨"发音成"蜜"，说成"即蜜老酒"。它相当有名，是黄酒的一种，很像绍兴老酒，但比后者更稠，色更重，呈深褐色，更苦。在30年代，这种酒当地叫"苦老酒"，又叫"苦露酒"。"酒友"者，喝这种酒的朋友也。有一个时期，大概是20世纪30年代初至中期，到抗战前，在青岛大学——它后来为山东大学，聚集了一大批北方的学者文人，一时间，人才济济，成了继北平和上海之后的第三个文化中心。这里面前前后后有杨振声、闻一多、梁实秋、方令孺、赵少侯、张道藩、沈从文、陈梦家、洪深、张怡荪、丁山、台静农、游国恩、黄际遇、王统照、孟超、王余杞、杜宇、臧克家、刘西蒙、王亚平、吴伯箫、李同愈、叶石荪、萧涤非、邓仲纯、臧云运、老舍等等。他们之中，能号称"酒仙"的，就有不少人。他们常常在一起聚会，或在饭馆中，或在家中，轮流坐庄，喝的不是白酒，也不是葡萄酒或者啤酒，而是"苦老酒"。苦老酒以小米为原料，是纯粮食的，炒煳之后再糖化发酵酿酒，所以具有微苦味，而不是药酒；水是用泉水，不加任何添加剂，品味很纯，营养价值非常高，有长寿之功，和绍兴黄酒南北遥相呼应，有一拼。当时酒友们喝这种酒，常常喝得很多，因为并不怎么上头，不易醉。他们喝酒是要划拳的，彼此挑逗，高声喧叫，酣畅淋漓，完全松弛，而且很频繁，三日一小宴，五日一大宴，快活如神仙。这种场面，大概给台静农留下了深刻印象，所以，差不多十年之后，他在四川写下了这篇《我与老舍与酒》。

看了这篇文章，我才知道，台静农先生竟然见过我，在我差不多快两岁的时候。我文章开头说："我没有见过台静农先生"，看来是需要修正的。台先生在那篇文章里是这样描述青岛时期的老舍先生的：

"……放着笔时，总是带着小女儿，在马路上大叶子的梧桐树下散步，春夏之交的时候，最容易遇到他们。仿佛往山东大学入市，一拐弯，一手牵着一个小孩子，远些看有几分清癯，却不文弱……"

"一手牵着一个"分明说的是两个小孩。那大的自然是姐姐舒济，小者就是我了。一个四岁，一个两岁。只不过，在两岁我的记忆里却对此没有留下任何印象。

不过好景不长，抗日战争爆发后，他们各奔东西，开始了颠沛流离的生活。台静农先生由北平南下，经过济南、蚌埠到了南京。后来，辗转到了四川江津，在白沙女子师范学院教书，任中文系主任。在江津他结识了刚刚出狱不久的陈独秀，并结成忘年交，成了好朋友，也成了陈独秀最后的日子的重要见证者。

老舍先生是1938年8月14日由武汉撤退到重庆的。此时，他已经担任中华全国文艺界抗敌协会的总负责人，对内总理会务，对外代表"文协"。"文协"是当时全国文人的抗日统一战线组织，相当于"全国文联"和"全国作家协会"的前身。老舍先生抵达重庆后，第一个动作是于10月19日组织召开鲁迅先生逝世两周年纪念会。这次纪念会规模非常大，有两千多人参加。老舍先生发表了题为《鲁迅先生逝世二周年纪念》的演讲。他专门由重庆写信请江津白沙的台静农先生来重庆，担任大会主要报告鲁迅先生事迹的讲演人。台先生这篇讲演稿后来全文刊登在1938年10月29日《抗战文艺》第一卷第八期上。这篇长文是台静农先生的一篇重要学术论述，对鲁迅先生的一生、对他的文学成就和社会影响给出了系统的精辟的阐述和剖析。他说鲁迅先生的《狂人日记》"给中国文学史划了一个新的时代"。他说鲁迅的著作是对中国社会的"一块光明透彻的镜子"。他称鲁迅先生为"战士"，"把握真理的铁腕挥着他锋利无比的匕首，向真理圈子以外的面面击去"，"他发表了许多珍贵的意见，正是我们当前走着的一条正确的路"。

陈独秀在四川江津隐居期间写了一本特别的著作,叫《小学识字教本》,这件事的见证者也是台静农先生。他在一篇名为《〈早期三十年的教学生活〉读后》的文中有过这样的记载:

> 抗战中,独秀居四川江津县,专力撰写《小学识字教本》一书,他为减少儿童识字的痛苦,取习用之三千字,得其字根及半字根凡五百余,因一切乃至数万字皆可迎刃而解,因一切字皆字根所结果而孳乳出来的。是书上篇释字根及半字根,下篇释字根所孳乳之字,每字必释其形与义,使学者知其然且知其所以然。此不独使学者感兴趣记忆,且于科学思想的训练植其基础。所以名为"教本"者,是为小学教师用的。

对这件事,知道的人并不多,台静农先生写这件事,已是在1980年8月了,那时,台湾政治大环境松动,才可以直书陈独秀的名字了。

哪知,2003年7月23日,我突然接到梁实秋女儿梁文蔷由美国寄赠给中国现代文学馆的奇珍——《小学识字教本》的初版本一部。

原来,陈独秀完成这部《小学识字教本》之后,由江津将书稿寄给了在重庆北碚的梁实秋先生。后者当时任职于国立编译馆,是该馆通俗读物部主任。王老向、萧伯青、萧亦五、席征庸等人以及后期到达的胡絜青都是他的直属部下。国立编译馆当时的一个主要任务是负责编写出版全国的中、小学通用教材。可见陈独秀将《小学识字教本》寄给梁实秋是事出有因的。梁先生请人用刻蜡版油印的办法将书稿出版了50部。这是此书的最早的版本，系土纸本，每本都相当厚。由于那里面的字许多是象形字，没有标准铅字可用，用刻蜡版的方法手绘是相当聪明的办法。陈独秀得到50部出版的书稿之后，异常高兴，将第一部签上名反赠给了梁先生。他用毛笔署名"仲甫"。这本赠书后来被梁先生带到台湾，又带到了美国，存在女儿梁文蔷家里。梁先生在台北去世后，梁文蔷整理梁先生的遗物时发现了此书，认为是一件珍宝，又得知中国现代文学馆新馆刚刚落成不久，便寄赠回来，成了中国现代文学馆新馆收藏的一级文物。台静农先生见证过的陈氏《小学识字教本》，转了一大圈，60多年后又奇迹般地在北京现身了。

陈独秀极聪明，且博学，涉猎许多学科，偶然一挥，也都能成大成果，《小学识字教本》便是光彩的一例。打开这个教材，上面首行刊印的全是中国古代的象形文字。对这些字，根本不用教，指给小学生看，问：这是什么？他马上就会回答，这是"鱼"；或者指着另一个字，答说"这是马"。因为那里就是画着一条鱼或者一匹马，极像，极好认，不用动脑子想。陈独秀又从中国文字发展史的研究入手，认为中国文化，以文字为主要标志，是一脉相承的，不论篆、行、草、楷如何变化，都是由最原始的象形文字渐进渐变衍生而来，直到现在（繁体字）的"鱼"和"马"，两者一对比，后者和原始象形的那个鱼和马之间还是有十分明显的相似之处，从而由象形文字入手一下子就能把现在的"鱼"字和"马"字认出并记住，顺利攻克了中国小学生认字的难关。

台静农和陈独秀走得很近，由林文月的《先师台静农先生》一文中可以知道，陈独秀甚至把他在南京狱中撰写的自传手稿都赠给了台静农，由后者一直战战兢兢地带在身旁珍藏着，直到台先生过世后才得以公开。

有一次，陈独秀在江津生了病，来到重庆住院治疗。台静农陪在身旁，他竟然将老舍先生带到病者的床前相见，这可能是陈舒二人唯一一次见面。他们都谈了些什么不得而知，只是在陈独秀第二天给台静农的信中提到了这回事。很多年之后，信件公布于众，才真相大白。

1940年春，台静农和魏建功结伴来重庆，大出老舍先生预料，高兴得居然"破产请客"，喝酒聊天，他还写了一张小条幅送给台静农，上书："静农兄来渝，酒后论文说字，写此为证。"

这段论文说字的小文本身写得也十分有趣，充满了老舍式的幽默和机智：

> 看小儿女写字，最为有趣，倒划逆推，信意创

作，兴之所至，加减笔画，前无古人，自成一家，至指黑眉重，墨点满身，亦具淋漓之致。

为诗用文言，或者用白话，语妙即成诗，何必乱吵絮。

令人惊喜的是，在台静农生前的最后时刻，他居然把这段40多年前老舍赠他的文字抄了一遍，成了一件精致的书法作品，裱成立轴，由台北托人赠给了胡絜青先生。

人生之美丽，友谊之长存，皆在此。

忆萧乾先生

潇洒的人

每次走进萧乾先生的书房,都能留下深刻的印象,觉得萧乾先生活得很潇洒。

一般的知识分子,活得没有那么潇洒,或者反过来说,别的人差不多都活得挺苦,主要是精神压力比较大,绷得紧,生活也比较单调,没什么乐趣。

但是,走进萧乾先生的家就不一样。别看萧乾先生也跟大家一样受尽磨难,中年被打成"右派",下放劳动,各种政治运动的冲击一个接着一个,"文革"中几度自杀未遂,但他终究是活了下来。到了大气候阴转晴的时候,过上好日子,萧乾先生的天性立刻浮现出来,仿佛一粒千年莲子遇到了水,又顽强地复苏、冒芽、长叶,还能开花结籽,依然亭亭玉立,美丽无比。

萧乾先生在外面永远西装革履，整整齐齐，一副绅士派头，但是在家里，爱趿拉着鞋，一双老布鞋，不好好穿，踩着后帮，趿拉着走，舒服。衣着也随便，以宽松为好。他可以最洋，也可以最土。他的家，表面上看去极乱、极拥挤，来一两个客人没问题，还有地方坐；人一多，三五个，就麻烦了，坐不下，因为到处是书、是东西，没有下脚的地。但是，萧乾先生心中有数，要找什么书或者东西，手到擒来，一点都不费劲，准知道藏在哪儿。政府一再劝他搬家，换一套大点的宽敞的公寓，建议了三次，都被萧乾先生拒绝。不搬，坚决不搬。第一，搬家累死人，有钱昌照先生的前车之鉴。第二，搬一次家，少说一年之内，绝对找不着要用的东西，故而，到死也不搬。

地方小，不光不碍事，逢年过节时反而要张扬一下，拉几根绳子在头上，把世界各地朋友们寄来的贺年卡都张挂起来，五颜六色，像万国旗。客人一进门，先吓一跳，这就是萧乾先生的潇洒！

萧乾先生也有许多小发明。

譬如：书桌上有倾斜的板子，颇像制图板，省得老低头，防止颈椎病。

譬如：书桌下层的抽屉都拉出来，呈裸露状，不用弯腰。

譬如：把各种废药盒码在桌边的小板上，左右两行，放眼镜，放别针，放小工具。

譬如：名片都分门别类地放着，按人名、机关、国家，各装一本，找着方便。

譬如：头上有专门的绳子挂着各种正在写的文稿，一抬头就能找着。

这么一来，萧乾先生的书桌很像一只大刺猬，体积扩大了许多，张牙舞爪，处处都是机关，可是真实用啊。

客人坐下之后，谈得兴奋了，萧乾先生出其不意地问：喝什么酒？是威士忌？白兰地？还是黄酒？他要边喝边谈，而且不就东西光喝酒。拿出两个小杯子，各倒半杯，边喝边聊。

冬天在室内，萧乾先生穿得很多，把羽绒大衣披在肩上，难道暖气不够吗？非也，指着通向阳台的门，是半开的。是要通风吗？非也，说小乌龟待在阳台上，怕它冻着，开着门给小乌龟一点温暖。其实，乌龟是冷血的，根本不怕冷。萧乾先生不仅活得潇洒，而且心是热的，热得不得了。

勤劳的人

萧乾先生有才华，而且勤劳，这样的作家写的东西注定又好又多。

萧乾先生是巴金先生和冰心先生的好友，属于密友那一类型。巴金先生说他佩服几个人的才华，一是曹禺，一是沈从文，一是萧乾，他自愧不如他们，说才能要差好几倍。冰心曾当面对萧乾先生说："你真能写，哪都有你的文章，我篇篇都看。你真是快手！"

萧乾先生在北新书局当学徒时就认识冰心先生，常被派去冰心先生家送稿费或是取文章。冰心先生那时20多岁，已是大作家，比他大十岁。后来别人叫萧乾为先生，她则始终称他为小弟。她的孩子吴冰、吴青则称他（原名萧秉乾）为"饼干舅舅"。萧乾先生有过几次婚变，冰心先生常跟他开玩笑，一进门就问："又离婚了吗？"她很清楚，自从有了文洁若之后，萧乾先生的家庭生活终于完全稳定了下来，他有了一个幸福的家庭。玩笑归玩笑，冰心先生很佩服萧乾先生的勤快，他的散文常呈系列，有居京散记系列，有留英系列，有二战回忆系列，等等，都可以自成体系，单独出书。

文洁若当翻译家当了30年，翻译了许多外国作品，但她最想翻译的是《尤利西斯》，因为它最难翻译。有萧乾先生合作，她终于下决心开始啃这块硬骨头。他们给自己定了"纪律"，在家里开办了"家庭翻译作坊"，是标准的夫妻店，规定每天翻一页原文，翻不完不睡觉，外带要做完那页上的所有注解。注解多得不得了，全是译者自订自拟的，有6000多条。有一章正文是三万字，注解也是三万字，了不得！

为此，两个人都废寝忘食地干，早上5点就起床，醒不来就上闹钟。二人接力，文洁若先草译，萧乾先生接棒，做文学润色，宛如二度创作，一干就是一天，如此整整四年。此时萧先生已是80岁老翁，而且只有一个肾。

《尤利西斯》译本出版后，通过傅光明的努力，中国现代文学馆收藏了全部萧、文二人的《尤利西斯》译稿。这是个大宝贝。仔细翻看这份译稿，可以发现那上面每一句译文萧乾先生都重新译过。意思是文先生"硬译"过来的，正式的词句已是萧乾先生"意译"过来的，后者充满了文采，通俗，流畅，上口，是纯粹的中国话，成了美文。

我不止一次说过，这份译稿是个活教科书，能教人怎样写文章，怎样改文章，怎样让文字变得活泼生动，怎样变得漂亮。它是个活样板，学写作的人可以从中偷学到许多窍门。这样的活教材很难得，比那些《写作技巧指南》要实在得多，高明得多，而且多达上千页，用之不尽，取之不竭，同时也是写博士论文的好题目。

萧乾先生文思敏捷，写东西极快，有时一天能写一万多字。他的字龙飞凤舞，越写越大，到最后，一张纸装不下几个字，一会儿就写一大厚摞。文洁若先生负责给他抄稿，有时萧乾先生一天写下的东西，文先生要花一晚上，甚至外加一整夜才抄得完。

就这样，萧先生成了20世纪70年代至90年代上半叶最有影响、最有活力的中国当代作家之一。

我说过这样的话：

看过火山喷发吗？

萧乾先生就是一座文坛上的大火山，他的喷发壮观，雄伟，惊人。

敏感的人

萧乾先生思维敏捷，观点犀利，智慧过人，是有原因的。

大概有四条：

首先，他出身寒苦，在北京的穷苦蒙古人家中长大，少年当过学徒，织过毛毯，这个出身对他一生影响很大，有一种悲天悯人的胸怀；

其次，他有丰厚的学历，上完中学，就读燕京大学，是杨振声和斯诺的学生，后到英国教书，并是剑桥的研究生，中文底子和外文底子都好；

再次，经历复杂，当过派往欧洲的战地新闻记者，报道过盟军反攻欧洲大陆，第一批随军进入柏林，战后采访过纽伦堡审讯纳粹战犯，见证过联合国成立大会，1949年以后当过《人民中国》和《文艺报》副总编，是民盟中央委员，是全国政协常委；

最后，一生坎坷，大起大落，受过多重磨难，甚至面临九死一生，奇迹般重生。

这样的人生造就了一位特殊人才，可谓经过千锤百炼，练就了一双火眼金睛，有着巨大的穿透力，故而认识深邃，客观，冷静，情感上又很宽容。

时代前进付出了巨大的代价，萧乾先生个人也用血泪付出了代价。萧乾先生的人生道路就是一种典型的路，它是中国当代文学走向成熟的象征。而这成熟的标志，就是精深而豁达，就是尖锐而不刻薄，就是通情达理，就是有理有节，就是乐观大度。萧乾先生的微笑是有名的，那是智者的微笑，很像弥勒佛。

1995年，85岁的萧乾先生用20天一气写了九篇文章，是一批大智慧的作品，饱含人生哲理，在社会上引起了巨大的反响。

萧乾先生的目光犀利常常表现在以小见大上，突发奇想，由一件小新闻或者小事中引出一个大结论，像打一个响雷，令人一激灵，挨一猛掌，得出一个顿悟。20年前，出版家协会决定给老编辑家常君实先生和赵家璧先生颁奖。这二位均在中国现代出版事业上有着杰出贡献，可是偏偏被人渐渐淡忘。此消息一出，萧乾先生立刻在《人民日报》上撰文。文章上了头版，而且加了花边。他说，这次授勋有着非同小可的意义,为全民族做了一件大好事,因为它表彰了一辈子默默无闻、专替别人做嫁衣的无名英雄,树立了最可敬佩的榜样,没有这些高尚的人和他们勤奋的工作,就没有全民族文化修养的提高。此评论一出,立刻引来一片叫好声,只因为它道出了人们心中想说的话,代表了大众,特别是知识分子的心声,弘扬了正气。

萧乾先生也常常向历史发出大胆质问,譬如,他说第二次世界大战本来是可以避免的,连丘吉尔都说过类似的话。两次世界大战的爆发完全是政治家们,包括斯大林在内,玩弄阴谋诡计的结果。想想那个苏德和约就可明白。再想想雅尔塔会议,不外乎是几个强国在瓜分世界势力范围,背着中国出卖中国利益。

真是一针见血,痛快淋漓。

萧乾先生一次在巴金先生创作成就展上即席讲话,开口惊人。他说巴金先生《随想录》比《家》伟大,其意义比《家》更加深远。他说,他非常赞成巴金先生有关讲真理的论述,他反驳当时极"左"思潮对巴金先生的批判,勇敢地捍卫"讲真话"。他说,"我也要努力讲真理",并不无幽默地补充道,"不敢保证我一定不讲假话,但我要尽量不说假话",表现了一位长者的大胆、机智和实事求是。

萧乾先生在现当代文学界的影响力还在于他有几个首创:一、他是中国书评的倡议者和最早的实践者;二、他是中国文学评奖的发起人和最早的实践者；三、他是现代主义文学在中国的最早的研究者和介绍人；四、他是定期文学征稿沙龙的创始人；五、他和他的老师斯诺是中国英文版文学副刊的创始人。

萧乾先生的再度活跃是在20世纪70年代末至90年代初，此时他和巴金先生、冰心先生堪称"金三角"，是此历史转折时期中国文坛上举足轻重的三位大人物，他们虽然年事已高，但都以高产和思想活跃而著称，不仅在思想界是领军人物，在文学界也都以拥有自己一生中的第二个创作高峰而大放异彩。巴金先生有五册《随想录》，冰心先生有《我请求》、《关于男人》、《〈孩子心中的"文革"〉序》、《自传》系列、《病榻呓语》、《无士则如何》等；萧乾先生则有上面提到过的那些名篇以及多达20余部的专集。这个时期由于有他们三位的存在，成了散文、议论文和杂文打头阵和占头排的时期，颇像鲁迅先生以杂文称雄的20世纪20年代末和30年代初。这样的时期也随着他们三位相继辞世而结束，在中国文学史上留下一笔奇特的以散文为主打的珍贵遗产，为中国这个历史上的散文大国又续补了华丽的篇章。

让我们永远记住这位20世纪末中国文坛上最活跃的人物之一——萧乾先生，记住他的微笑，还有他的慈悲和博爱。

一位可敬可爱的人
——悼林海音先生

听到林海音先生在台湾病逝的消息,我在心里感叹:"又一个可敬可爱的人走啦。"12月7日,在她病逝后的第七天,中国现代文学馆在北京为她举行了隆重的追思活动。

逝世前,林海音先生因糖尿病已经卧床三年。今年年初她躺在医院病床上,已不大认人,但面容依然相当漂亮,甚至还化了淡妆。我到台北,由她的公子夏烈陪同去看她。她竟脱口而出:"这不是舒乙吗!"这是她最后对我说的一句话。它勾出我对许多往事的回忆。

在当代台湾作家中,林海音的名字不仅是最早被人们所知的,而且也是最响亮的。我说的,当然是指在大陆。她的《城南旧事》曾经风靡全国,无人不晓。《城南旧事》事实上已经把林海音的身世交代清楚了。最大的特点是:她是"两地"人。

她的父母是台湾人，原籍台中附近的苗栗县。她生在日本，小时候长在台湾，五岁时，随父母到了北平，在北平念小学、中学，上大专，在北平当记者，在北平结婚，然后，又回到台湾，做事，写作，成了名作家。瞧，多么标准的"两地"人。

"两地"人写的东西全和两地有关系，几乎一半是台湾，另一半是北京。

而且，林先生写北京，是在台湾写，带着儿时的追忆，带着浓浓的乡情，极其自然，极其亲切，而自然和亲切能产生伟大的产品。

林先生会说闽南话，可是，她不论是在家里，还是在社交场合，都讲一口特别地道的北京话，漂亮极了。

1993年11月，林海音先生应中国现代文学馆的邀请，到北京来参加《台湾当代著名作家代表作大系》首发式。拜见萧乾夫妇时，林先生说："我刚由冰心偬（音滩）老人家那儿来……"萧先生马上大叫："这个'偬'字，有40年没听见了！"

林先生说的就是这种老北京话，一会儿蹦出一个老词，感动得老北京们一会儿一叫好，把她当成最大的知己，亲得不得了。

林海音自然把她的北京话带进她的小说、散文里，所以，林海音先生是台湾"京味儿"作品的代表人物。

刚由北京回去，林先生便发表了长篇散文，《我的京味儿之旅》，林先生称她的"北京之行"为"京味儿之旅"真是再恰当不过了。在京期间光是豆汁她就喝了九大碗，而且还不断地挑错："豆汁哪能喝温的呀！要喝热的，要滚烫的！""喝豆汁儿要就咸菜丝儿，没有就咸菜末儿的，胡来胡来！"

搞得上至饭店经理，下至跑堂的，都非常的紧张，心想：明明说是台湾客人，怎么倒成了标准的"北京姑奶奶"啦，特别"有谱儿"！难怪，林先生在台湾有雅号："比北京人还北京！"

林先生身量不高，因为小巧，所以好动，永远活泼，为人热情得不得了。

让我来举两个例子，都是我亲眼所见，亲身所历：

1990年，先生到中国现代文学馆来参观，我们特地让她看了我们的台湾藏书，她一边看一边摇头，说："太少了，太少了！"然后，当场就许下一个愿：回去之后，立刻寄赠一套她主办的纯文学出版社的出版物来，还说，她要带头，号召其他文学出版社也学她，都给文学馆寄书。

她说到做到，回去之后，真立刻寄了四大箱书来，急性子！

拆箱一数：202册，排在书架上，整整三大排。我们为这三排书取了个名字："林海音赠书文库"。继林先生之后，台湾民间的几个文学出版社，也都纷纷寄赠了各自的出版物来，他们把书都先给了林先生，由她转寄文学馆，又是一大笔寄费。林先生的热情就是如此！

1992年我们和林先生达成了一项新协议：我们准备出一套《台湾当代著名作家代表作大系》，请冰心先生、萧乾先生和林海音先生当我们的顾问。林先生欣然接受，而且心直口快："我这个顾问，可是又顾又问噢！"

她真的又顾又问起来，特认真，特负责，频频地由台北打长途电话来，发传真来，写信来，捎口信来，绝不怕麻烦。

在她的顾而又问之下，经过反复酝酿，我们确定下《台湾当代著名作家代表作大系》第一个分辑的头十位作家名单，林先生的把关起了决定性的作用，因为她最了解情况。事实证明，这套书的出版问世在海峡两岸都反应甚佳。林先生还特意把我们为十部书写的十篇导读性的长序推荐给台湾《中华日报》副刊连载，她写了《序》的《总序》，又掀起了一个小高潮，很引人注目。想想看：这是大陆学者评论台湾作家，登给台湾作家和读者看啊，谈何简单！推波助澜又是林海音先生。

林先生喜欢照相，有100多本相册，给我寄照片时，说："我有许多无皱纹相，只好分给大家。"

她在照片背后写道：

　　无皱纹是因为傻瓜相机好。
　　满头华发是成熟的标记。

手上青筋暴露是勤勉的记号。

生活给了她磨炼、辛劳和成就；而她，给了生活快乐。谨以此纪念可敬可爱的林先生。

热的书·热的人
——读林海音《金鲤鱼的百裥裙》

当代台湾文学相当强,它有一大批成熟的作家,有一大批成功的作品。它直接继承和发展了"五四"新文学的文风,它和世界当代文学有密切的交流,它又有浓郁的地域特色。当代台湾文学的重要耕耘者和主要支柱之一是林海音先生,她在台湾文学界中的重要地位是一致公认的。

在海峡两岸文学交流刚刚起步的时候,我有幸结识了林海音先生。林先生成为我第一批熟识的台湾文学界朋友。在短短几年里,我大量念了她的作品,又从实际接触中亲身感受到了她的人品,使我在编辑这本她的代表作选集的时候,有了一些思想基础。我不敢说我对林先生和她的作品有多么深的了解,但是我有一些直觉,还是相当实在的,我愿意以这些直觉为引子,引出下面的介绍来。

林海音先生重返北京是1990年5月,在她阔别北京41年半之后。在一个人的生命中,41年半实在是一个太长太长的时间，完全可以想象林先生当时是什么心情，何况北京对林先生意味着什么，只要想想她的《城南旧事》就知道了。这里有她的家，九个家！她随父母、夫家曾在北京南城住过九个地方，她都一一写在那深情的散文《家在书坊边》中，多好的书名啊！这里有她的学校，小学、中学、大学，这里有她的结婚礼堂，这里有她的……有她的……有她的太多的熟悉和感情。这里有她的亲人，据说亲戚竟有几十人之多。可是，她在忙得分不开身的短短几天里居然跑到中国现代文学馆来待了大半天。一下飞机她便打电话找萧乾先生，他们在韩国国际笔会上早就相识了，说她要夜访萧先生，急性子！见了萧先生她就提出来，此次不多见文学界的人，只想看看文学馆，萧乾先生和文洁若夫人自告奋勇，愿意作陪，并打电话给我约时间。这样，5月19日我们见了面。

林先生她喜欢摄影，喜欢收存照片，喜欢用照片装饰她的书，前后大概总共用过好几百张，这也是她的有名的特点之一。所以，早在见到林先生本人之前，我就熟悉了她的样子。可是，及至见了面，我吃了一惊，她长得比她的实际年龄要年轻20岁！她很矮，大概要比我矮一头多，年轻的时候，一定是一位标准的"娇小玲珑"；现在发福了，但是依旧活泼如故，快人快语，行动敏捷，幽默俏皮，热情随和，她的做派打扮雍容大度，端庄典雅，可是一开嘴，一口老北京话，真的，是老北京话，不是台湾国语,甭提多亲切,多轻快,多流利!语言这东西是有时代性的,是会变化的,多了许多新的政治名词和社会学的、科技上的术语,少了许多不通用的土语,可是林先生的北京话没变也没少,原样儿,整个儿一个原汁原味,和41年半前的老北京话一模一样,让人惊讶万分,还有在惊讶之中的久违之后的狂喜。

陪同林先生参观比较省事,因为她见景生情,随时随地会把心中的故事掏出来讲给你听,而她的故事又是那么多,那么方便,那么有趣。在每个房间都要站上半天,先是听你的,听着听着,就成了听她的了。萧乾老先生挂着手杖,停停走走,笑眯眯地听了一路故事,不大插嘴,光是乐。

我记得,在"巴金文库"里,她瞧见柜子里的《老舍文集》,马上就开始讲她20多年前在《纯文学》杂志上刊载老舍先生的名篇《月牙儿》的来龙去脉,是一个非常曲折的动听故事。那个时候,老舍先生刚刚自沉,消息传来,海外的老朋友和老读者一片悲伤、一片惊吓,可是要发表他的作品在当时的台湾却有很大的难度。林先生很有办法,最后还是刊登成了,还请了老舍先生的老朋友梁实秋先生写评论介绍,隆重推出,是在台湾的首次,20多年前啊!

站在文学馆图书馆的书架前,林海音先生数了数架上的台湾文学书,一边数一边摇头,说"不全,不全,太不全",然后马上许了一个愿:回去以后,寄一套她的纯文学出版社出版的书来,有一本算一本,全套。到那时为止,纯文学出版社已开业了24年,出版了上200种好书,全是"纯"的文学书,在台湾很有影响。

林先生这个愿,后来导致了很大一个义举。首先,她回去以后立刻寄了四大箱纯文学出版社出版的书来,一共202本,的确是全套,一本不差,和社里公开的发行书目完全一致。其次,她动员台湾几个文学出版社同行向她看齐,一起向现代文学馆捐书,把他们各自出版的文学著作一样一册送给文学馆。这样,出于林先生的好意,除了纯文学出版社的全套书之外,文学馆陆续又有了"九歌""尔雅""大地""洪范"等台湾出版社的文学出版物,极大地丰富了文学馆图书库中的台湾文库,使它成了一个颇有权威性的台湾文学资料中心。

这就是林海音风格。

这个风格不仅把她造就成了一个有博大胸怀的作家,而且还使她成为一个了不起的编辑、文学期刊主编和出版家,使她在培养造就提拔青年作家和乡土作家上立了大功,做出了重大贡献。如今,她德高望重,受到交口称赞。她以人缘儿好而出名,她有众多的好朋友,她和他们的友谊是用真诚、热忱、帮助和宽容浇灌起来的。

林先生这种乐天派的性格在她早期的散文中有非常生动的表现,像《生之趣》《寂寞之友》《鸭的喜剧》,都是很有味道的好文章。这些散文是女性散文，是"身边琐事"散文，但是却是生机盎然的散文，充满了生活乐趣的散文。

林海音的作品到了60年代有了大发展，《城南旧事》、《婚姻的故事》和《烛芯》以及1959年底出版的长篇小说《晓云》使她誉满文坛。

三部著名的短篇小说集大体是两方面的题材：妇女婚姻和儿童。以林先生的性格和风格而言，她选择这两种题材是逻辑的必然，完全是顺理成章的事。一个绝顶聪明的人，一个生性乐观的女性，一个大人道主义者，把自己的眼光放到妇女婚姻和儿童上，是完全在意料之中的，可庆幸的是，林先生出色地完成了这个选择，她获得了成功，她写得出类拔萃，它们都成了她的代表作。

在妇女婚姻题材小说中以《烛》《金鲤鱼的百裥裙》《烛芯》《殉》四篇为最精。它们本质上都是悲剧，描述新旧时代交替之际旧的一夫多妻制婚姻给妇女带来的创伤。故事写得很完整，具有传奇色彩。林海音精彩的小说大部分都有这个特点。

《烛》的故事情节很简单，主要角色也只有两个，大太太和姨太太。《烛》的成功处是它的写法特别。大夫人把丈夫拱手让给了一个乡下看坟人的女儿，她叫秋姑娘，是来帮助她坐月子带孩子的丫鬟。自从秋姑娘走进丈夫的房间过夜，大夫人便不再进丈夫的房门，她装病，嚷头晕,整夜躺在自己的床上,一直躺到秋姑娘正式成了妾,躺到自己的腿退化到的确站不起来的地步,躺到丈夫和妾都先她而去,躺到有了小孙子,长达几十年!她躲在黑暗的小角里,面对一支蜡烛,用喊"头晕呀"的办法引起别人对她的注意和同情。悲剧悲在她是主动这样做的,在她那个时代,一夫多妻是天经地义的,大夫人为丈夫找妾也是一种美德,于是观念和感情便分裂为两回事,观念战胜了感情,感情被屈辱、被牺牲、被扭曲。表面上她做得很大方,很合乎礼法,内心却极不情愿,极痛苦,极矛盾,她为自己的好名气付出了绝大的代价,付出了整个的生命,使自己活得像一具活尸,活活地在床上装病喊头晕几十年!与此同时,林海音笔下的另一条线,秋姑娘那条线,又始终是那么顺从卑贱,也是完完全全的自愿,自愿为奴。这种写法是《烛》的震撼人心的地方,秋姑娘的自愿的卑躬屈膝更加反衬了大太太自愿牺牲的无价值。两个妇女都可怜地生活了一辈子,而又都是十分安分守己,十分"自觉",在别人画好的框框里,在走熟了的车辙里。

《烛》的这种"反着写"的写法使这篇小说悲凉得到了家,教人读后久久难忘。故事简单而记忆深远,这便是作家的成功了。

《金鲤鱼的百裥裙》是一篇林海音的好作品,它小巧,它精美,重结构,写得很见功力。它的特点是以小见大,通过一件好道具,演了一场绝好的大戏。大红色的绣了喜鹊登枝的百裥裙是大礼服，只有有身份的妇女在大典时能穿，在那个时代绝对是一种身份的象征。叫"金鲤鱼"的姨太太虽然在这个大家庭里立下了头号大功，生了唯一的能续香火的儿子，却仍是偏房，登不了大雅之堂，在大典时无权穿这种象征主妇的大礼服。于是一件小道具便引出一个动听的故事。金鲤鱼暗自请高手做了一条百裥裙，准备在儿子举行婚礼时穿，对她来说，这是一次绝好的显示身份和改变身份的机会。大太太无情地粉碎了金鲤鱼的企图，她宣布已经到了民国，妇女一律改穿旗袍。百裥裙一直上不了台，压在箱底，并沦为笑柄，直到金鲤鱼去世。她死后，因为是妾，棺材不能走正门，只配走旁门。她的留过洋的儿子为他的母亲叫冤，扶着棺材痛哭，喊道："我可以走大门，那么就让我妈连着我走一回大门吧！就这么一回！就这么一回！"

这一笔着实揪心！在读者记忆中会永远留下这一声悲愤的号恸。

《烛芯》是林海音另一篇佳作，她用它当了自己一部小说集的书名。《烛芯》讲的已经不是旧时代的事，是个关于当代婚姻的故事，人物也都是新人物，是职业妇女的事。《烛芯》的特点有三：一、《烛芯》的心理描写非常细腻，有重重的情怨，有悲欢离合的思绪迭起回荡。二、《烛芯》的时代特征很清楚，那里的一切似乎都是时代带来的。虽然一切都倒了个儿，都出了轨，但一切又都是可以原谅的，是可以理解的。人人都不是坏人，但人人都在受苦，一种无奈下的呻吟伴随了许多人的生命中那些最宝贵的年华。林海音的这个着眼点很好，也很准，起码是很宽容，很客观，故事写得一点也不剑拔弩张，而是充满了同情和谅解。三、《烛芯》的结局相当漂亮，白白而苦苦地等待了25年的元芳突然离了婚，吓了周围的人一大跳，接着，她又结了婚，新丈夫还是一位在大陆家乡有妻儿老小的老光棍，又让周围的人吃了一惊。元芳毕竟是一位有追求有头脑的新女性，无谓地等待了25年之后终于醒来，虽然很迟很迟，但还是明白了精神生活的重要，明白了有一个"家"的重要。"烛芯烧完了，闪着闪着，挣扎地闪着最后的火光"——林海音设计了一个很有象征意义的结尾，使读者在这象征性的结尾中看到了时代的进步，也领略了作者积极的人生态度。

小说《殉》讲的是个守活寡的故事，这种故事在旧时代并不罕见，但是林海音写它却没有落俗套，她一方面描写了这种婚姻的毫无意义和对妇女的无情摧残，另一方面又写了这位寡妇对小叔子的好感，从而从不同的侧面表达了作者对这位认命的妇女的无限同情。这篇小说也有特殊的写法：它的穿插特别多，跳跃性很强，写得曲曲折折，好像一条跳动的小溪，把一个已经认了命的，差不多对生命不抱任何希望的妇女的心理描写得极为入微。这种"之"字形写法，一会儿近，一会儿远，一会儿推入，一会儿拉开，很像电影的蒙太奇，是一种相当现代的手法。《殉》中有两段见景生情的描写是非常成功的。新寡的年轻女人很怕黄昏的到来，她不知道如何度过一个个漫长的黑夜，躺在床上第一眼就看见堆在床上的16床新被，要到什么时候才能把这儿的16床被子盖完呢？哪怕有个病人让她伺候一辈子，也是好的，好歹是个人呀！还有一大段回忆从北海白塔上看落日的描写，同样令人震动，还是那个落日，却岁月流逝，过去了30多年，何等不堪回首。由《殉》的成功可以看到林海音的用功，她广泛吸收西方文学的各种现代文学流派手法，不留痕迹地移植嫁接到自己的园地中，使自己的产品个个富有新鲜感，读起来很有味道。读罢林先生的作品并不能硬贴上什么象征主义、意识流、结构主义的牌子，但是细品起来，总有些似曾相识的感觉，这说明林先生把握得好，能借鉴好的东西，注意吸收新的营养，而且运用自如，不留斧凿之痕，在流畅自然中给人以美的享受。《殉》就是一个证明。

《城南旧事》是1960年出版的，是林海音先生的名篇，也是她自己最喜爱的作品，曾经多次出版。它由五个独立又连贯的故事组成，个个都是精品，其中最沉重的一篇叫作《驴打滚儿》。

《驴打滚儿》很短，也就是11000字吧，极为精练。它的好处是：第一，真实，是一篇写实主义的佳作。作者按照生活的本来面目如实写来，不贴标签，不政治挂帅，不故作同情状，不说大道理，绝对不概念化。人就是复杂的，有血有肉、有优有劣，而且是优中有劣，坏中有好，无法一刀切。譬如宋妈的丈夫，英子称他为"黄板儿牙"，脸长得跟驴似的，按概念讲此人是个贫苦农民，理当是个被深切同情的对象，可是在林先生笔下，也就是在小主人公眼中，"黄板儿牙"是个很可憎恶的家伙。他打老婆，赌博，扔孩子，一点也不招人喜欢。他每年进城两回，牵驴驮些乡下的土特产来。他在小说里真正出场了四次，每出场一次，故事就多一番曲折，冲突就升级一次。四年下来，宋妈自己丢了一儿一女，而且人财两空，钱也让"黄板儿牙"输得精光，一事无成，倒霉就倒霉在不争气的"黄板儿牙"身上了。这样的描写真实可信，写出了立体的人，写出了大千世界，写出了芸芸众生的喜怒哀乐。这样真实的作品可以经得起时间的考验，寿命很长，能够传代。

第二，感人，是一篇动情的佳作。讲故事的人是个九岁的小姑娘。这个特定的说书人不会用形容词，不会半路上停下来讲一段旁白，也不会分析一套深刻的含义，她只有一双幼稚的眼睛，看见什么说什么，非常简单；可是，她讲的故事却让人落泪，让人永世难忘。这便是作者的过人之处。《驴打滚儿》让人想起老屠格涅夫，他的说书人常常是个老者，与世无争的过来人，缓缓道来，没有任何主观的感情激动，全凭人物和故事抓人。林海音的说书人是小孩子，这似乎更难。可是，写好了，真感人啊，因为给出来的完全是浓缩物，是原汁的浓缩物，没有调味品，没有假，小胡同赶猪——直来直去，直扣你的心弦，让你打心眼里打冷战，感到震撼。像宋妈把小丫头子交给丈夫带回乡下时的惜别场面；像宋妈哄弟弟吃药时说："不走！我不会走！我还是要俺们弟弟，不要小栓子，不要小丫头子！"像宋妈盼着小栓子来，高兴地和孩子们唱民歌；像宋妈急切地带着英子到哈德门一带去找小丫头子；像宋妈跑遍了京城一无所获后的无言，呆看着，总是把手上的银镯子转来转去；像宋妈舍不得和她带大的孩子们分离的那一串话；像宋妈最后那次为英子梳小辫子，非常的和气……实在是平实得出奇，但句句打在心上，重得很，沉得很，可以打出血来。

第三，优美，是一篇抒情的好诗。《驴打滚儿》的故事发生在城里，但通篇散发着田园诗的清香，给人一种清新的温馨。开篇是换绿盆的，终篇是小驴儿整装待发，"被褥一条条地搭在驴背上，好像一张沙发椅那么厚，骑上去一定很舒服"。"驴脖子上套了一串小铃铛，在雪后清新的空气里，响得真好听。"中篇是宋妈唱的歌："鸡蛋鸡蛋壳壳儿……"和那双关的"驴打滚儿"。一个悲哀的故事配上这样别致的装饰，非常土非常朴素的装饰，便是一篇杰作，一篇可以飞向世界的杰作。

林海音先生写孩子给大人看，也写孩子给小人看。从这个意义上说,她是一名儿童文学作家,儿童文学作品在她的著作中占了相当比例,多于四分之一。林先生的所为很像文学史提供的那条规律,越大的作家,越注重儿童文学;越年长,越爱写儿童读物。

介绍林海音先生不提她的"北京味儿"是绝对不行的,但是,她的这个特点是如此明显,如此突出,以至任何介绍都会是多余的。北京仿佛为林先生提供了一切方便:背景、人物、情节和语言。她的大部分作品证明了这一点。

我只想把林先生的"北京味儿"在语言上的特点做一点引申:林先生的作品有幽默的气质。幽默不完全是技巧,也不等同于逗乐,它首先是一种气质。她的心是"热"的,她不赶尽杀绝,她有同情,有怜悯,有可怜,而且可怜的成分往往大于恨,寄希望于未来,所以她能用幽默写悲剧,一点儿都不矛盾。她的幽默既对别人又对自己,一视同仁,所以,她属于人世间最善良最坦荡最可亲近的人。

1993年1月31日于万寿寺西院
(原载台湾《中华日报》1994年1月8日)

躲在书后面的孙犁

作家不必像演员,尤其不必像明星。作家的名字可以很响亮;但是读者不认识他们,没见过他们,不知道他们长什么样。他们有名,是他们的作品频繁地在杂志上、报纸上、书上出现。

作家是躲在书后面的人。最典型的要数孙犁先生。

孙犁从不出席各种热闹场合,甚至害怕照相。他是真正的深居简出。没见过新闻报道中出现孙犁的名字,因为他拒不出席各类活动。整天整天地躲在家里写东西,频频地发表作品。这才是孙犁。

晚年,到了实在不能写的时候,孙犁甚至不说话了。在病床上,他头脑清晰,但极少说话。偶尔,他说一句话,会让家属和朋友们高兴好半天。记得,新千年伊始,我和文学馆的同事们到天津医科大学总医院去看望孙犁先生。接待我们的是他的儿子孙晓达。儿子向他介绍:"这是中国现代文学馆的。"他说:"我知道。"特别麻利。又介绍："这是舒乙。"他说："我知道。"又特别干脆。令孙晓达大为高兴，说："好几天不说话了，今天真棒！"

在住院之前，差不多在20年里，孙犁连续写了10本新书！为这10本书，我参加过一次在三联韬奋书店举行的研讨会。与会者都为他复出后的高产而惊叹。

晚年，他的文章越写越短，却居然写了10本。

中国优秀的老作家有一个特点，晚年复出后又掀起一个写作高潮，巴老如此，冰心如此，萧乾如此，孙犁也如此。因为写得好，这次高潮构成了他们一生中的第二个高峰，一点不弱于《家》、《寄小读者》或者《荷花淀》。

孙犁的《荷花淀》和《铁木前传》奠定了他中国现代文学大师级的作家地位。

但是，他晚年的这10本书，却让我们看见了一个更加丰富多彩的伟人级的作家。

躲在这10本书后面的孙犁是一个心地善良、目光犀利、襟怀坦荡、敢说敢为、疾恶如仇的真君子。

他很像一座浮出海面的冰山，不显山，不露水，平平静静，安安稳稳；可哪知道，海面之下竟是那么庞大，那么威严，那么厚重，也那么厉害。

这种厉害，是一种痛快，一种淋漓尽致，一种不隐讳，一种一针见血。

念孙犁的文章就有了一种难得的对他的崇敬感，因为他敢讲真话，敢抒己见，敢一语道破。

于是躲在书后面的孙犁一下子就成了一座大山，巍峨的大山。

你也因此而明白，他为什么不爱出头露面，不爱上镜，不爱出席公众场合。

只因他不爱掩饰自己的观点。

孙犁，应该说，是中国最有学问的作家之一。他拥有大量的书，他念过大量的书。

孙犁爱书如命。他爱书，爱寻书，爱买书，爱藏书，爱念书，爱谈书。

更有甚者，他爱给书籍包书皮，打扮书，包装书，都亲手做。

他还爱在书上题词，写好多话，信手写来，皆成文章。

这样的书，是他的宝，也是他的象征，在众多的作家中，在这方面他是独一无二的，堪称冠军。

中国现代文学馆多次派人去拜访孙犁先生，去看他这些可爱的书，后来又去和孙家子女谈这些书的归宿和"孙犁文库"的未来。

这些书上有孙犁的手艺，有孙犁的笔迹，有孙犁的思想，有孙犁的感情。它们是孙犁，孙犁是它们。必须善待这些书。

未来的"孙犁文库"就是"孙犁博物馆"，是一个最有特色的中国现代文人的纪念馆。一旦成立起来，肯定，它最有中国文人味儿，既有文献性，也具有极大的启示性。

想一想，一个解放区来的作家，一个南征北战的人，一个写过那么美的传世作品的人，一个紧跟时代步伐的人，一个极有学问的人，一个惜书如命的人，放在一起，看似矛盾，但确实扎扎实实地集于一身，岂不是天下一大奇观吗？

有一次，孙犁在他的藏书《西游记》上做了以下的书箴：

> 淡泊晚年，无竞无争，抱残守缺，以安以宁。唯对于书，不能忘情。我之于书，爱护备至：污者净之，折者平之，阅前沐手，阅后安置。温公惜书，不过如斯。
>
> 勿作书蠹，勿为书痴，勿拘泥之，勿尽信之。天道多变，有阴有晴；登山涉水，遇雨遇风，物有聚散，时损时增。不以为累，是高水平。

这些话，是孙犁先生的人生观。

是一个大儒的人生观。

是一个大作家的人生观。

躲在书后的，竟是这么一个伟大的现代人。

他去世了，可是他的遗产够后人受用很久很久。想着想着，我的心境平静了下来。慢慢地、渐渐地。

（原载《人民日报·海外版》2002年7月30日）

一个可爱的大作家——汪曾祺

汪曾祺的死,绝对令人惋惜。

他的文章几乎篇篇都好,篇篇都有才气,都不长,短短的,但无一不精,都有味道,格外引人注意。这样的作家相当少。

他这十年爱画画。一次,我问他:忙些什么?他说:练画,每天"糟蹋"好多纸!他的画很像他的文章,是些小画,雅气,很有品位,是典型的文人画。他的画和他的文章颇有共性,观其画能咂摸出他写文章的特点。那就是说,甭管写什么,也甭管多么短,一定想办法弄出点特别的来,给人一个惊喜。

这是一种典型的文人心态:要千方百计与众不同,要发明,要创造,决不墨守成规,决不走老路,语不惊人誓不休。

汪先生一双眼睛非常了不起,特别有神。世上有三个人的眼睛,令我终生难忘:一是叶浅予先生的,二是姚雪垠先生的,三是汪曾祺先生的。这老三位的眼睛都是炯炯有神那种,仿佛一眼便能把人看穿,厉害得不得了。我常想,正是汪先生有一对厉害的眼睛,才使他观察入微,能在最微细的地方看出与众不同来,有别样的体验,从而落笔不凡,个个写出来都特别。

汪先生的散文非常好看。他从不说废话,上来就写事情,一件接着一件,令人目不暇接。说的全是趣闻,有时很可笑。正是在这种"型体"描写中,他活脱脱地勾画出了他要记述的那个人。读者读着读着,就看见了一个活人,一个大活人由纸上蹦下来。他写散文不爱分段,给人的感觉是,他满脑子故事,它们挤着、拥着,往外跳。他这种散文,应该叫"意识流散文",东一榔头,西一棒子,彼此谁也不挨着谁,好像现代派油画中的那些密密麻麻的点子。莫奈式的,点得多了,便出了彩,比写实派还传神,还完整。他那一篇写沈从文先生的散文就是一篇杰作,别看它短,那里头有几十个故事啊。谁敢像他这么写?又有谁舍得这么写!

应该说,汪先生的文章很现代。

沈从文先生有两个大弟子,一位叫萧乾,早一点;另一位叫汪曾祺,晚一点。其实,可以把他们三位归为一派。这一派,在30年代,有一个名称,叫作"京派"。汪先生可能是"京派"的最后一位,他最年轻。我的一位同事,是王瑶先生的高足,吴福辉,专门研究30年代文学,尤对当时的"京派"、"海派"和左翼文学有研究。吴福辉的书是为"京派"翻案的，出版之后，颇得萧乾老和汪曾祺老的注意。他们都挺高兴，说了好多兴奋的话，显然是非常认同。

于是，我便想起汪先生的文和画，骨子里确有一派学院气、书卷气、文人气，一句话，有一股很追求艺术品位的执着劲儿。

这本是文学艺术的正宗，丝毫没有理由排斥。何况，那些"京派"教授作家，人虽然极为"绅士"，却偏偏眼睛向下，用一句很时髦的话说，平民意识很浓，写出了不少同情贫民为穷人申冤的好作品。这本是中国国情决定了的，颇具中国特色。

从这个角度上看，汪先生是"京派"文学的最后一位大师。

绝妙的是，汪先生能把这种对艺术的追求一直沿袭下来，坚持到底，经历了那么多苦难磨炼，始终不渝，真是难能可贵，而且终于成了大气候，成了一位大作家。

所以，要格外珍惜汪先生给今人留下来的遗产，尤其是在这个重数量轻质量的时刻，在这个文章越写越长的风气中。

汪先生还有一组文章也是首屈一指的，是一大批写吃食的散文。起初，发表在台湾的《联合文学》上，一期一篇，持续了好多期，大陆的人不大容易看见，真是可惜。他写得真好,是这方面的冠军,其成就超过了梁实秋先生。

文人中会吃的多,会做的人本不多,我知道的,会做的有三位大将:金寄水、王世襄、汪曾祺。前两位是北京人,出身豪门上层,受环境熏陶,对食文化很有造诣。汪先生不是北京人,是高邮人,走的地方多,见多识广,积累了许多知识,又喜欢实践,有不少心得,写出来自然头头是道,精彩之至,令人佩服得五体投地。这些"食文章"是"食文化"的范文,篇篇都洋溢着标志中华文化博大精深的那种处处有学问,处处有讲究,处处有掌故的帅劲儿。

这组文章是典型的汪曾祺文章:好看、有趣、雅致、有学问。这组文章应该再重刊重登,让大家瞧瞧,这就是我们可爱的汪曾祺。

听汪先生聊天和谈话也是一大享受。我听过他在两次会上谈老舍先生。他说他是老舍部下,在50年代初,有过不少接触。我记得他说,老舍先生爱才,对他,对林斤澜,都另眼看待。他说,他喜欢老舍,喜欢赵树理。他说他"服"他们。谈话之中,我觉着他有不少独特的角度,很新鲜,很有见地。前些天,果然,见他在《南方周末》上发表了写赵写舒的妙文,不知道,他究竟来得及写出来多少,唉……

我想起一次在聂华苓女儿家的文人聚会。汪先生手里捧着一杯酒躲在一间小客厅里,和一位朋友边喝边聊,谈天说地,他衣着随便,坐得很舒服,两只眼闪着光。酒入肚,而故事即由他嘴里源源不断地飘淌出来,自然,轻快,便当,日后写下来都是他的美文。这是一种汪先生的典型形象,一个可爱的和高雅的说故事者的形象。

这个形象,天然的是一尊雕像,深深地印在我的脑海里,亲切而不朽。如今,到哪儿去找这和蔼可亲的天才小老头!

（原载《中国文艺家》2001年第1—2期）

我的朋友庄因

庄因是旅美的一名华文作家。他擅长散文,是位散文名家。

我有幸在1994年访美期间和他相识。在此之前,我已在林海音先生捐赠给中国现代文学馆的图书中读过他的专集。他是林先生的女婿。我们心交已久。此次见面虽属初次,但完全没有陌生感,彼此的感觉都和多年的老朋友一样。自那以后,我们常常通信,而且,他的信比我写得更勤,更多。他常把他的散文随信寄给我,所以,我应当是他的作品的比较早的读者中的一个。

庄因早年在北京生活过,说一口标准的北京话,对老北京的一切十分迷恋。北京是他写作的重要内容,也是我们通信的主要内容。有的时候,一句话,不留神,会引出庄因的一大片郁郁浓浓的乡思。他是一位容易激动的人,有诗人气质。

他住在美国加州的斯坦福,在斯坦福大学任教多年,教美国大学生学习中国文化，教他们识中文，写中国字，欣赏中国字画，是一位不知疲倦的中国文化的宣传者。庄因今年夏天刚退休。他说：这下，他自由了，可以做他想做的事。他想做的事包括写字、写文章和再回北京看看。

庄因的字和画都漂亮。画颇有"童趣"，意境很像丰子恺。字则家渊深厚，他的父亲便是大书法家。一次饮酒小聚之后，庄因侃侃而谈，眉飞色舞，有人说他的字已经超过了他的先人，他大为得意，马上答应再送对方一幅字。果然，第三天，他自己便送字上门。我记得，那是一个大横幅，字大如斗，确有几分像王羲之。

庄因就是这么个爽快人。

庄因还有一身侠气。

有一次，我们一起外出吃饭。下了汽车，我的妻子不经意地站在停车线内等我，一时挡了一部车进入车位，遭到两位美国人瞪眼。庄因马上跳过去，大声和他们争吵起来，最后，这场戏以那两个美国佬道歉而告终。庄因愤愤不平，进了饭店还在生气，说了一大段感慨的话。我们深为他的捍卫而感动，觉得他快人快语，肝胆相照，骨头硬腰杆直，是条汉子。

庄因的文章最大特点便是感情充沛，见景生情，引出议论。

而庄因文章的风格则多诙谐，这和他的"北京根儿"很有关系，北京人说话多幽默。幽默跟讽刺不一样，幽默是热的,能在他人和自己的毛病及缺陷里看出那点可笑的地方来。

文如其人,在庄因身上,一点儿都不假。

齐白石和老舍、胡絜青

在近代文人中,老舍、胡絜青夫妇和齐白石老人的交往是非常漂亮的一段佳话,有不少精彩的故事,很值得一记。

老舍先生1930年由英国教书回来后,应聘到山东济南的齐鲁大学教书。这时他新婚不久,组成了一个幸福美满的小家庭。1933年得长女舒济。

他的自述中曾这么写过:

从民国十九年七月到二十三年秋,我整整地在济南住过四载。在那里,我有了第一个小孩,即起名为"济"。在那里,我交了不少的朋友;不论什么时候从那里过,总有人笑脸地招呼我;无论我从何处去,那里总有人惦念我。在那里,我写了《大明湖》、《猫城记》、《离婚》、《牛天赐传》和收在《赶集》里的那十几个短篇。在那里,我努力地创作,快活地休息……四年虽短,但是一气住下来,于是事与事的联系,人与人的交往,快乐与悲苦的代换，更明显地在一生里自成一段落，深深地印画在我心中；时短情长，济南就成了我的第二故乡。

为这段美好的生活添彩的还有一张齐白石老人的《雏鸡图》。这张《雏鸡图》和舒济同庚，至今也有78岁了。每当张挂这张画的时候，夫妇都不忘说这么一句："这是生小济那年求来的。"仿佛是为庆祝小济降生而专门求来的一件礼物。

那时，老舍的好友许地山先生也已由英国归来，住在北京西城，离齐老人住的西城跨车胡同不远，而且和齐老人过往甚密。于是老舍写信求许地山先生代为向齐老人索画，当然要照章付费。画好后邮到济南，打开一看，竟是一张精品。《雏鸡图》齐老人画过不止一张，但这一张却不同寻常，不论怎么看，都是一张杰作。画幅相当长，裱好之后矮一点的房子竟挂不下。画的右上角是一个鸡笼，笼的构图立体感很强。笼盖刚刚打开，一群小绒鸡飞奔而出，跳满整个画面。笼内还剩一只，在打鸢，另一只则刚醒过来，张开小翅膀，飞着就出来了，唯恐落了后；有一只因为距离较远，体形较小，完全合乎比例。其余的，十多只，体态各异，正的，侧的，右侧的，左侧的，朝前的，朝后的，有的耍单，有的三五成群，疏密错落有致，整个画面极为协调。此时，齐老人70多岁，正是他变法之后的鼎盛期，画作完全形成了自己的风格，既注重墨色的变化，又在体裁上努力出新，小鸡和虾蟹成了他的拿手独创，和大白菜大萝卜一起都成了齐白石名片一样的标志物。这张《雏鸡图》恰是这一时期的代表作。

老舍夫妇如获至宝，从此，这张画便跟随他们一生，由济南带到青岛，又到北平，又到重庆北碚，最后又回到北京。每年过年过节才拿出来悬挂几天。

夫人胡絜青1943年带着三个孩子由沦陷的北平出逃，辗转50余天，到了重庆北碚，和老舍先生团聚。她带来了这张《雏鸡图》。还有一张她自己在北平时得来的齐老人的《虾蟹图》。在北平时，她隐姓埋名，以在师大女附中教书为生。师大女附中在西城辟才胡同，距跨车胡同也很近。经过朋友介绍胡絜青认识了齐老人。当时，齐老人的几个大儿子准备上辅仁大学，需要找一位补课的语文老师帮助复习功课，遂找到了胡先生。为了答谢胡先生，齐老人画了一张虾和一张蟹作为酬礼。是两个斗方，一上一下可以装裱成一幅长轴。于是，这张《虾蟹图》和《雏鸡图》便同时出现于老舍在重庆北碚蔡锷路的斗室里，立刻蓬荜生辉，而且消息不胫而走，传到重庆竟成了"老舍夫人带来了一箱子齐白石画""老舍成了富翁"等等。

新中国成立之后，老舍先生由美国回到故乡北京，在东城丰盛胡同10号买了一所小院，由1950年3月起在这里定居。小院由前后两个院子组成，里院是主院，呈三合院的格局，北屋正厅西边两间是客厅，西耳房是老舍先生自己的书房兼卧室，北屋正厅的东边一间是夫人的工作间兼卧室。东耳房是洗漱间和厕所，装有马桶。经过改造，西耳房得到扩充，将西耳房和西房之间的小天井加了棚顶，成了老舍先生放书桌和书柜的地方。他的剧作都是在这里完成的，包括《龙须沟》和《茶馆》。客厅的西墙专门挂画，一溜儿可以并排挂四张画轴，经常更换。

夫人胡絜青是个新式职业妇女，毕业于北京师大，是那个时代为数不多的有大学学历的女知识分子，婚后也教书，一直由中学教到大学，有副教授的职称。回到北京后老舍希望她不要再外出工作了，一是主持家务，二是帮他抄抄写写。胡先生也的确这么在家里待了一段时间，但终究不甘于光待在家里，时代的召唤让她再度萌生到外面工作的欲望，她便参加了妇女学习班，又参加了国画研习会，慢慢地接触了一批画家，对绘画产生了浓厚的兴趣，强烈地渴望成为一名画家。她性格沉静，有坚韧不拔的刻苦精神，加上天资聪慧，又有较高的文化修养，渐渐在北京美术界成了一名活跃的习作者，还当了业余画家的小组长。

她又成了齐白石先生的座上客。此时，老舍先生担任了北京文联主席，又是全国政协委员和全国文联副主席，有机会和齐白石先生相识，还在各种文艺集会上经常相遇，而且一见如故。于是，老舍夫妇常常结伴而行，双双频频出入于齐老人的府上，也购得了不少齐老人的作品。老舍画墙上最多的就算是齐白石老人的作品了。

1951年的某日，文艺界的朋友们又聚会于齐老人的画室，胡絜青当众表示非常愿意向齐老人学画。朋友们一齐高喊，那就拜师吧。按着她向齐老人行跪拜礼。就这样，胡絜青成了给齐老人磕头的正式女徒弟。以后她每星期定期去齐家两次正式学画。她的进步非常快，她的习作频频得到齐老人的夸奖，很快就成了齐老人的得意门徒。齐老人常常委任她和郭秀仪（黄琪翔夫人）两位得意女门徒去替他办一些重要的私事，诸如把家中存款换成新币等等。在庆贺齐老人九十大寿的盛大典礼上，胡絜青寸步不离地陪同在老人身旁，并替他致答谢词，成了老人的代言人。

由于有这层关系，老舍先生也经常光顾齐老人的画室，对老人的艺术有了更进一步的了解，也越来越喜欢他的作品。

他开始刻意收藏齐老人的佳作，由荣宝斋，由和平画店，也亲自向齐老人当场求画，当然都是照价付费。当时，齐老人的画价比别人都高一些，但合情合理，绝不漫天要价，是真正的公平交易，物有所值，又让一般民众买得起，承受得了。不过，老舍先生很客气，总要多付一些。

把自己最好的作品赠送给要好的朋友，是大艺术家的优良传统做法，毫无商业利益的考虑，是文人纯洁高尚友谊的纽带，是彼此爱戴和寻找知音的途径，是真情实意的直接表达，是人间情谊的最高象征和最终凝固。

此后，齐白石老人有时也主动向老舍先生赠画，都是他的得意之作，如《雨耕图》《寒鸦枯木图》，这两张画被老舍先生装了镜框,长期悬挂在客厅里。

老舍先生差不多每隔半个月就更换一次"老舍画墙"上的画轴,宛如办展览。他自己常常利用写作间隙的休息时间对着这些画仔细观察,有时一看就是二三十分钟。每当作家朋友们来访,在谈话之余,如有机会,他都刻意请这些朋友赏画,而且把自己的赏画心得一一道出,引起作家们很大的兴趣,有人还因此而得到不少美术上的启发,甚至启蒙。渐渐地,作家们,特别是较年轻者,纷纷求老舍先生也为他们选购一些美术作品,譬如齐白石的,以便装点自己的墙壁。老舍先生对这种请求欣然接受,很高兴地带着他们去逛荣宝斋或者和平画店,而且当场拍板,说"您就买这幅"。来人不解,觉得不就是一张齐老人的虾蟹嘛,并没什么特别,老舍先生抿着嘴小声地说:"您瞧,这只虾蟹画了五条脚,是'错票',更值钱。"大家哄堂大笑,掏钱购得五条脚的虾蟹,胜利归来。

齐老人出身劳苦农家,一辈子勤俭,平日粗茶淡饭。胡絜青先生习画时就近能详尽地观察到,因此去齐家时隔三岔五总要带点好吃的"进贡",比如新鲜的河虾蟹之类。老人吃得很开心,像孩子一样高兴。得此经验,老舍夫妇便经常约上吴祖光新凤霞夫妇,诗人艾青等人宴请齐老人。有一次在东安市场楼上森隆饭庄为齐老人祝寿,共有三四桌客人,齐老人等坐主桌,坐末席的是裱画师刘金涛师傅和三轮车工人等随从人员。刘金涛忽听旁边的人提醒他:"说你哪!"只听得老舍站在主桌旁大声地说:"我提议,请大家为工人阶级刘金涛师傅敬一杯酒!"齐老人也笑眯眯地点头,举杯敬酒,其乐融融。

老舍先生也常常掏钱在画店里购买一些齐老人的画作当"蓄备",有画轴,有扇面,有册页,总有几十种之多,为的是作为礼物送人,比如,某同事乔迁新居,某小伙结婚,某朋友远行,他都要亲自登门祝贺,掏出来的礼物是一张齐白石的画。

胡絜青的画大有长进,后来正式加入了北京中国画院。齐老人有个习惯,爱在徒弟们的习作画上题词,写些嘉奖鼓励的热情言语,胡先生就经常携得这样的褒奖回家,不无得意地展示给老舍看,比如在一张藤萝习画上老人有这样的题字:"此幅乃絜青女弟之作,非寻常画手所为,九十二白石题字"。对这样的表扬,老舍先生自然也跟着高兴,有时还对外宣传,最后,连周总理也知道了。周总理居然有好几次当面表扬了胡絜青。在人民出版社1984年版的《周恩来选集》下卷第318页上有以下的记载:周总理在1961年6月10日的讲话中谈到"老舍夫人是一位画家,中年学画,拜齐白石为师,现在和陈半丁、于非闇等画家合作绘巨幅的国画"。

老舍先生的毛笔字写得很漂亮。他平时也把写毛笔字当成一种休息方式和生活乐趣。除了自己写诗写字之外,他后来也很愿意在胡絜青的画作上题字,有一种妇唱夫随、相得益彰和珠联璧合的效果，无形中留下一大批珍贵的艺术品。这种形式也是中国古代文人的一种习惯做法，只是在近代文人中比较少见了，因此，齐老人的题词和老舍先生的题词就显得更加稀罕，格外抢眼了。是啊，画上的题诗题字不光是一种美妙的艺术形式，而且常常传递一种人间的思绪，有爱，有义，有情；也把三位艺术老人的友情故事永久留在了人间。

傅抱石赠老舍《桐荫图》

傅抱石先生和老舍先生是好朋友。他们相识始自抗战的重庆时期。这种友谊一直延续到20世纪50年代。那时傅先生在南京主持江苏美术学院和江苏美协的工作,是南京画派的领袖,也是中国美术界的领军人物之一,名气很大,创作力旺盛,佳作不断。傅抱石先生是全国人大代表,每年都到北京来开会。老舍先生总要尽地主之谊,邀请傅先生到家中来小坐,并一同下小馆叙旧。他们之间的交往留下了不少美妙的故事。

有一次,1953年秋,傅先生又到北京来,照旧被老舍先生请来家中做客,谈话之中,突然老舍先生提到一张叫《桐荫图》的旧作。傅抱石先生吃了一惊,而且受了感动。原来,这是一张傅先生自己最喜爱的画。画的是重庆金刚坡下的旧居,是他自己住了七年的老屋。屋子建在几株高高的梧桐树下。傅先生用他的大泼墨和多层次的丰富笔法将整个画面布满了梧桐枝叶,郁郁葱葱,生机益然。

树荫之下有一间小茅屋，窗极大，看得见屋内有三个古装人在赏画，他们打开一轴画弯身观看，好像在热烈地讨论着。有趣的是，此画是画他自己和朋友们，虽然是古装。当时，郭沫若先生曾来此观看傅抱石作画，见有此图，颇为欣赏，很想收藏，傅抱石竟然没给。别看他们是非常好的朋友。抗战胜利后，傅先生将这张画带回南京，仅在每年春节时，拿出来悬挂几天，然后又收起来，当作最心爱的宝贝。

想不到，老舍先生也还记得这张画，无意之中问了起来。傅抱石先生立刻受了感动，连忙回答："还在还在。"接下来老舍先生向他求画，他允诺，并没有多说什么。其实，他正在独自酝酿一件大事。

回到南京，他将《桐荫图》找出来，郑重其事地在绫子圈的左下方用毛笔字写了一篇题跋，共计133个字，占四行，真正是一篇小文，将这幅图的来龙去脉，叙述得清清楚楚，然后将此画派专人抱到北京，赠给了老舍先生和胡絜青夫人。

题跋是这么写的：

> 抗战期间居重庆金刚坡下凡七载　老屋一椽隐高树中　承友好往往降驾评览嘱作癸甲之间借以成图　或曰桐荫或曰浓荫皆读画景也　此帧随身最久　偶偶品视亦无非回忆一番　今秋在京舍予兄忽道及并嘱经营一图　盖自郭老斋中曾观拙笔　属致日抚

奉法藏　即乞　与絜青夫人俪政　一九五三年十一月廿六日　南京记傅抱石

这张画上有傅抱石用篆字题写的落款："甲申二伏中挥汗抱石"。

甲申是1944年。从成图到出手，中间已相隔近10年。

此图的艺术价值在于它真正是一张当代中国写意画，不完全写实，有变形，和自然实物已大不相同，又不同于西洋风景画，它实中有虚，虚中有实，又朦胧，还自然，既概括，又具体，要粗有粗，要细有细，恰好把大树们的多叶多枝多层次多错落表现得淋漓尽致，恰如其分地表达了"桐荫"，整体性极为完美，是风景画中的大突破者，前所未有。

而画外的故事更是感人。中国古代文人的高贵品德在傅抱石先生身上表现得既自然，不留痕迹，又特别强烈，堪称一例光辉典范。友谊高于一切，不讲任何价钱，远离金钱，远离经济利益，不沾一分钱，虽然送出的是一件无价之宝。

这个故事会给今天的画家和书法家以多大的教育啊，绝不是技术和技巧，而是心，是情，是品格。

真是一面大镜子。

它给了"金钱挂帅"以惊雷般的震撼，彻底颠覆它，摈弃它，蔑视它。

胡先生的画

谈到母亲胡絜青的画,我想我应该尽量脱离亲情去观察,所以,我先要把称呼定位在"胡先生"上,这样,或许可以更远距离一点,也许,能更公允一点。

胡先生是位非常努力的人。她的努力使她得到了回报,成了一位有成就的当代女画家。

一位大艺术家,有两点往往同时不可缺:一是才气,二是努力,像齐白石,像罗丹,像毕加索。

胡先生是有才气的人,但坦率地讲,她并不属于有大才气那类,在这方面,她无法和父亲老舍先生相比;但是,她是个非常努力的人,在这个方面,她是非凡的。由于有这个非凡,她同样也获得了大成功。

应了一句古话:勤能补拙。

所以,胡先生是靠了努力"拼"出来的。

1999年,胡先生94岁那年,她在中国美术馆举办了一次个人画展,展出了60余幅作品。当时,没有用"回顾展"的名义，现在看来，那就是一次回顾展，检阅了她一生的艺术成就。

那次画展，给美术界，给观众，留下了深刻印象，获得了巨大轰动，受到了一致的公认，虽然迟了一点，她的生命已接近"落幕"，但是毕竟吓了大家一跳，她没有争议地走进了当代大画家的行列。

她的努力，得到了确认。

在此之前，她的光芒并没有充分放射出来。

主要是两条：一、她是老舍夫人，她站在丈夫的阴影里，不大能确立自己独立的位置；二、她起步较晚，虽然起点不低，作品又酷似老师的东西，尤其是早期的作品。

胡先生长寿，活到96岁。她的师傅们都早已故去，老舍先生也不幸过世，她的同龄画友也大多先她而去。她却作画不止，不断拿出新作来，可谓源源不断。硬邦邦的真货，渐渐替她确立了自己的艺术地位。

她一生一共才开过四次画展（不包括她去世后那次遗作展），加上她并不卖画，以至看过她的作品的人并不很多。1999年的画展，使人们不胜惊讶，当然也包括美术界的人在内，都说：想不到，相当了不起。

得来这么一个发自内心的评价，确实不易，94岁了！

记得开幕那天，来了一大批朋友，也有首长。大家送了许多大花篮，一直由美术馆正门摆到东展厅的大门，极其壮观。展厅内，走过来几位大画家，都是画油画的，差不多都是全国美协的领导人,不等我开口,他们先说:"大画家,大画家,老太太画得好呀!"他们的态度极其诚恳,看得出,受了感动,丝毫不是在说客气话。

我请教为何如此说。

他们一致的意见是:玩意儿真啊,厚重,有魄力,苍劲,用心作画,现在很少有人这么用心了。

真货色,一是需要基本功好,二是生活底子要丰富,三是要坐得住,四是要有突破。

老太太这四条都有。

画家们受了感动。他们钦佩这种不浮躁的人。

听了这些话,我为胡先生感到骄傲。

我明白,这是她努力了一生的结果。

朋友问我:"请你评说一下,胡先生的美术作品究竟有什么特点?好在何处?尤其是从艺术的角度,有多少是特别值得一提的成就?"

问得好!

回答起来并不容易。

从我就近观察的角度,思索良久,我说:她有四大特点,或者说,四大成就。

容我细细道来。

一根扁担两个头

胡先生的画不是点,不是球,而是一根扁担,有两个头,截然不同的两个头,一南一北。

她会大写意,她也会工笔,而且两个都好。

这是她的一大特点,也是一绝。

现代画家越分越细,对绝大多数来说,大写意画家就是大写意画家,工笔画家就是工笔画家,两不掺和。

胡先生两种都会,而且两者都精。从作品的数量上来看,两者都占相当的比重,包括她的代表作在内。不能把她归类为大写意画家,也不能把她归类于工笔画家。她是"两栖"的。

这个,并不简单。

这和她同时遇到了两位大师有直接的关系。

她在20世纪50年代初,几乎同时,拜齐白石先生和于非闇先生为师,向前者学大写意,向后者学工笔。齐先生也会工笔,但仅限于昆虫;而于先生的工笔则非常全面,主要是花卉和鸟类。

大写意和工笔区别非常大,从原则上就是两回事,一个是以意境为主,并不写实,画风多半飘逸潇洒,空灵剔透；另一个是以写实为主，画风多半鲜丽夺目，而且枝微末节都笔笔画到，翎毛刺芯，一笔都不少。甚至所用材料都不一样，工笔多用绢，笔也不一样，工序不一样，画法不一样，连颜色都不一样，工笔多用彩，而大写意多用墨，耗时也相去甚远，大写意常常一挥而就，顶多用一个小时即可，工笔一幅画少则十天，多则三个月。一句话，这两者完全是两回事。怪不得，对绝大多数的画家来说，都只专攻一科，不大兼顾。

胡先生一个人，一手托南极，另一手托北极，一根扁担挑两个头。

应该说，胡先生的工笔功夫是非常高明的。于非闇先生教书是无保留的。他知道很多画工笔画的窍门。譬如，他常去故宫带学生临摹古画，由于去的次数多，和工作人员搞得很熟，人家允许他进入库房。他便无意中在故宫的有残缺的古画上发现了秘密。原来工笔画的背面也是上色的。这样，正着看，植物的叶子就显得更有层次，很饱满，变化多端，非常贴近事实。于先生将这个秘密告诉了胡先生。胡先生画牡丹叶子的时候，就多次一道一道翻来覆去地涂颜色，常见她把画绢或画纸翻过来，掉过去，一会儿在正面着色，一会儿在反面着色，结果，同一片叶子，在不同的部位，有深有浅，错落有致，非常厚实，完全是立体的效果，逼真之至。

胡先生跟齐白石老人学画的时机非常好。50年代初正值老人生活安定，心情愉快，身体状态也好，每天平均作画三四张，处于创作的巅峰期。胡先生每周去他家一至两次不等，一待就是一天。这样，齐老人作画的一切秘诀都被胡先生尽收眼底。齐老人晚年收徒教艺的办法是两个：一是他作画时让学生观摩，这个，或许，胜过许多说教和理论。二是学生拿自己的作品去让他评点。后者也让学生非常受益，因为齐老人在这个时候会指出学生作品的具体缺点、错误以及犯忌之处。齐老人往往利用这个时机说一些话。他平时作画时并不说话。唯独此时，他会讲一些他的作画心得，当然，往往都是带规律性的东西，非常宝贵。譬如，主要树枝或花枝在作画时尽量不要呈"十"字交叉。后来，当有人拿一些齐老人的作品要胡先生鉴定时，她一眼就能看出真伪来，就是因为她掌握了齐老人的作画准则，而这些准则是她自己在作画时曾经违反过，拿去让齐老人评点时，被齐老人指出过和纠正过，故而留下了深刻印象。当然，齐老人也常常在自己得意学生的好的习作上题写一些鼓励的话，赞扬的话，或者，署上自己的名，表明他的欣赏和认可。胡先生自己手中就收藏着一些这样的精品。"文革"中损失了一些，但也还保存下来了不少。大致是三类：一是合作画，胡先生画昆虫，齐老人补花卉并题词；二是齐老人写评点，如在一张胡先生画的藤萝上，齐老人写道："此幅乃絜青女弟之作，非寻常画手所为，九十二白石题字"，并盖了两枚名章，其中之一就是那枚著名的"大匠之门"印；三是简单的题字签名，也是一种首肯和赏识。

应该说，这种在大师身旁的观画习画方式，是非常非常有效的学习方法，几乎让学生掌握了老师的全部技能和风格。

这种日子维持了三至四年，应当说，是很长了。想想，看了数百幅大师作品的创作始末！而且回来之后马上以数倍的数量去练习，去模仿，去领会。这还了得。

在此期间胡先生深得齐老人的信任。

齐老人曾委托胡先生在他隆重的九十大寿的庆典上替他致答谢词。

齐老人曾委托胡先生替他将自己的存款换成新币，都是现金，要一张一张数，而且只要清一色的小面额新币。

胡先生还曾受命替齐老人搬家至帽儿胡同。

由此看来，齐老人确实将胡先生看成他的得意门人了。

在中国现代两位最拔尖的美术大师的亲授下，胡先生终于成了一名为数不多的有真本事的能"写"能"工"的画家。

她是非常幸运的。

她早期的作品酷似她的老师的作品，有时竟达到了难以区分的地步，完全证实了她的水平。

不过，幸亏她没有完全停留在模仿阶段。

她开始走自己的路。

但是，不管她走在何方，亦写亦工，双管齐下，始终是她的一大优势。

属于她的独门——菊

国画家一般都有自己的擅长，西画家有的也有此特点。从大类上分，有人物画家、静物画家、山水画家、花卉画家等等。细分就更纷杂，有专画虎的，有专画牡丹的，有专画梅的，不一而足。大画家则往往独霸几个领域，是他的开创，是他的擅长，甚至是他的"专利"，当然，也成了他的标志。

就是那些多才多艺的大师，往往也有几样最拿手的，如虾对齐白石、马对徐悲鸿、熊猫对吴作人、鹰对李苦禅等等。专攻一门而闻名天下的也不乏其人，如睡莲之对莫奈、俄罗斯大森林之对申什金。

说来也怪，专攻一门，或者，画得很有特长的，往往反倒能成全一个人，使他青史留名，使他成为经典作品的作者，较长时期地被人崇拜和欣赏。

就像提画竹子，就必提郑板桥一样。反过来，也一样。

这就是说，把某种实物由自然客观世界中提出来，想办法，搬上画面，想个特别的形式表现出来，展示一种特殊的美，成为人们精神上的愉悦和享受，会成为一位艺术家对人类精神文明的一种贡献，人们会因此而念念不忘，甚至顶礼膜拜。

感谢大自然的恩赐，也感谢北京特殊的人文环境的培育，胡先生居然也遇到了一样对她来说非常重要的东西，使她的才能得以充分展现。

这就是菊。

在此之前，还不知道哪位画家对菊这么有研究，画过这么多种菊，占领了菊的方方面面，成为画菊的专门家。

画菊者历来甚多，但不会很专，很精，很权威。

要成为画什么的权威，我想，大致要具备几个条件：第一，必须深入地了解所画的这件东西的一切特征，是个行家里手，所有的枝枝节节都清楚，包括，如果是个生物，譬如菊，对其生长过程，季候特征，习性，喜好，疾病，土壤，肥料，药物，等等，要了如指掌，知根知底；第二，要熟知其品系，一共多少种，是什么样，叫什么名字，一看便知，脱口而出；第三，要著有专门的画谱，谱者，系列的带有标本性的有示范意义的画本也，其量性和质性的指标都需达到一定要求，给后来者以工具性的参考；第四，要有著名的，达到精品标准的代表作问世，占有拔尖的艺术领先地位。

应该说，这几项要求都不简单，并不容易达到。

对菊而言，胡先生都能达到。

她便是一名画菊专家，可谓独树一帜。

这是她的一大贡献。

再说菊。

菊，本身，很有一些特点：其一，它的品种很多，是个千姿百态的花种；其二，它有传统，由来已久，民间积累了非常丰富的养殖经验，民间有一批养菊能手；其三，它的繁殖程序很复杂，很烦琐，周期很长，要整整忙活一年；其四，它的花期很长，足有三四十天，非常有观赏的价值；其五，它是深秋的花，季节品相好，传递很多生命的寓意。菊历来就是诗歌的对象，赏菊历来就是中国文人聚会饮酒赋诗食蟹的由头。

而且，北京人爱菊。中秋节由庙会捧两盆菊花回家是北京人的一大乐趣。

菊也非常入画。

以上这些，都是菊在广义上的特点。对胡先生，菊还有狭义上的意义。

老舍先生是爱花人，尤爱菊花。他的长兄舒子祥先生又恰好是个优秀的花匠，尤擅养荷花和菊花。1950年以后老舍先生自己征得周恩来总理的同意在北京东城区迺兹府丰盛胡同10号买下一所小房（现灯市口西街丰富胡同19号），里面有一个小院可供养花。

天时地利人和，三样齐备，于是老舍先生、胡絜青先生便在舒子祥大哥的指导之下养起菊花来。极盛时，一年能养一百多个品种，三四百盆菊花。秋天，可以开办家庭菊花展，都是精心培养的独朵单挺的大花，赏菊时并备有丰盛的地方风味美食，诸如烤羊肉，当然，成坛的陈年绍兴老酒也是必不可少的。

舒家的菊便成了北京东城秋天里的一景。

老舍先生的名篇《养花》里面的结尾便随之成了一段家喻户晓的名言："有喜有忧，有笑有泪，有花有实，有香有色，既须劳动，又长见识，这就是养花的乐趣。"

其实，这家人养花的最大的收获倒是日后成就了一位以画菊花为擅长的大画家。

胡先生画菊花是以写生为基础的，她有足够的写生对象呀。她是位努力的人啊。

胡先生画菊，有大写意的，有工笔的，有小写意的，久而久之有了自己的画法，其画菊作品数量多达数百幅。

胡先生用她写生的100幅工笔菊花正式出版了一本《百菊图》，成为一部珍贵的菊花画谱。

胡先生画的菊花上了邮票。50年代那套著名《菊花》邮票便是她和她的画友分别完成的。

胡先生1964年画的菊花代表作《不与繁花竞》被中国美术馆点名收藏。

胡先生画的菊花还被当作国礼赠送给外国元首。

……

胡先生真的很幸运，她养菊，她画菊；菊也成了她的化身。

她去世后，菊花为她送行，一条长长的花之路伴她远行。

新的小草

中国画是个古老的艺术，实际上格式是比较固定的，有创新成就的并不多，多半都是程式化的东西。它是在发展，只是一千多年来发展缓慢。难怪，20世纪以后的中国画是一个有大发展的产物，令人格外瞩目。

大画家之所以成为大画家，几乎无一例外地都有创新，画别人没有画过的东西，别出心裁，踩出一条新路来。而没有这等功夫者，最多便是一名好画匠，做"行活"，最终成为过眼烟云。

一句话，有出息者，要有自己的东西。

当一位画家初有成就时，最苦恼的事便是一时尚找不到自己。倘若，能找得到自己，就能"出来"；找不到，也许画一辈子，依然一无所获，"出不来"。

齐白石几次变法，毕加索一辈子变来变去，干什么？

就是在找自己。

毕加索在巴黎看完张大千的作品，当面问了张大千一句非常尖刻的话："请问，什么是您自己的？"

张大千为这句话感到苦恼，而且从此画风大变，变来变去，变出了一个名副其实的大画家。

我曾在台北故宫博物院见过一幅张大千到台湾后画的作品，凝视良久，我有了一堆感慨。三尺整纸上，他只画了一只扫地用的旧扫把，半腰上长了一个大蘑菇，再看上面的题跋，才明白，原来台湾高温潮湿，湿毛巾永远不干，处处发霉，扫把上一夜之间就能长出一个奇形怪状的野生菌来，个头还挺大。张大千写道，到台湾才发现，这儿的植物长得极茂盛，品种极多，而且都是大树，对画画来说，真是因祸得福啊，得了很多表现它们的机会，能画许多新画，而且要绞尽脑汁想办法去表现它们，因为前面没有示范和先例，于是，他自感如鱼得水，其乐无穷，每天描绘不止，扫把上长野菌即是一例，特绘之，特记之。

胡先生由齐老人和于非闇先生那儿学习到了一个特别好的创作途径，那就是写生，直接拜生活为老师，能把生活中遇到的最普通的东西通通搬上画纸，走一条自己独辟的路。

胡先生见过齐白石老人怎么观察水中的小虾。她有一次无意中带去几尾小河虾，活的，给齐老人看。齐老人随手就将小虾扔进自己画画用的大白笔洗的清水中，然后把脸伸到笔洗上，开看！不画画了，一动不动，居然看了一个多小时。胡先生也不敢惊动他，任他去看，但从此懂得了一个道理：全世有名的齐氏虾的画法是打哪儿来的，是他长期细细观察、比较、实验、反复实践、逐渐完善，创作而来。闹了半天，齐老人的老师就是那些小虾。而且，肯定，齐先生年轻时不定观察过跟踪过多少尾活虾，以至，年老了，定型了，还是兴趣不减当年。

胡先生也观察过齐老人画鸽子的全过程。那时，世界和平运动风起云涌，毕加索画和平鸽，齐老人也要画和平鸽。可是他从未画过，怎么办？叫人给他送几只鸽子来，养在院中，就近每天观察不止，不断写生，反复试画，然后确定一种表现方式，遂成齐氏和平鸽。

于非闇先生是旗人，是养鸽能手，写过鸽谱。画鸽是他的拿手。有一次老舍先生和他开玩笑，说："您总是仰头看鸽子飞，所以您的鸽子总是亮着肚子，没见过您画飞着的鸽子的背！"于先生自感惭愧，赌气地说："您要是能想办法让我上天安门，我就能画！"后来，于先生走后门真上了一回天安门，站在上面真能从上而下看鸽群如何飞翔，当场写生，回来，精心绘制了一大幅工笔的飞鸽图，蓝天白云，七八只鸽子翱翔于空，视角都是自上而下，能看出鸽背来，非常漂亮别致。这张大画他送给了老舍先生。老舍先生将它张挂在客厅迎门的正壁上，当作镇宅之宝，一时引来无数观画者一睹为快。

于先生也常到胡先生家里来写生。舒宅小院树多果多花多，自是花卉写生的佳境。一次晚秋，丹柿满树，于先生作《秋柿图》一幅，上题：这是写生于老舍先生家。后来，此画被中国美术馆收藏，"文革"后由库中取出公开展出过。参观中我偷听到旁边的年轻观众窃窃私语："这位老先生怪了，怎么把西红柿画在了树上！"原来，我家的柿树是河南的品种，人称"火柿子"，个儿小，无柿托，极甜，朱红色，真跟西红柿似的。于先生照直写生下来，乍一看，岂不满树西红柿。

胡先生在齐、于两位大师的启发下，也养成了写生的习惯。在公园里写生，在家里写生，在乡下写生，走到哪儿，画到哪儿，写生成了她的家常便饭，而且留下了一堆故事。

陈毅元帅和邓颖超大姐居然都分别在公园里遇到过胡先生写生，而且都是画牡丹。胡先生埋头作画，一抬头，咦，陈毅元帅站在她前面，不说话，冲着她微笑，还要主动为她照相。至今家中保存着不少她在公园写生时的照片，照于不同的年代。

最怪的，"文革"时红卫兵抄家扫"四旧"，知道胡先生是画家，居然在院中破例贴了一张告示：花和花盆是老同志写生用的，请不要砸掉。

胡先生便用写生的办法画了一批可以称之为她自己的作品。最早的有令箭荷花和昙花。"文革"中有谷穗、梨树、苹果树、北京鸭和猪圈。

这几样都是极少上中国画的,一般的所谓文人对它们多半是不屑一顾的。胡先生下乡实地写生,把它们搬上了画绢和画纸,成了非常优秀的美术作品。

她用绢做底,画过两大张成熟的谷穗,下有根中有秆上有穗,细到穗上粒粒在目,呈立体状,颇有成熟得欲坠欲裂之感。这两张画大受好评,成了她的代表作,确实少见。

两张画耗了她整整半年,天天身不离案,笔不离手,甚至笔不离口。画工笔画工序多,用笔多,用彩多,更换频繁,忙不过来,要手口并用,叼着这支,拿着那支,画着另一支,半年啊。

她这一批画具有三个层次的意义:一是美学的价值,继承了齐白石的"大白菜精神",继承了老舍先生的平民思想,什么都可以上画,最普通的东西都可以表现,倘若表现得得法,自有其美,自有其艺术价值,自可以传世;二是艺术体裁的价值,她画的体裁都很新颖,她画的洋梨洋苹果,纯白的北京鸭都是20世纪才风行起来的物种,以前没有上过画面,扩大了艺术视野,增加了画的取材品种;三是画艺的表现手法价值,毕竟她是开路者。

因为她,世上的画坛长出了新品种,孵出了新小鸟,长出了新小草。

性格即画

胡先生是个坚强的人,所以她的画有一股阳刚气,这是不同于一些女画家的。

她除了画她钟爱的菊之外,还爱画松、画竹、画梅。不是说她在技法上,在传统画风上,喜欢画松、竹、梅,而是说她看中了它们的品格,赋予它们特定的含义,并由此出发,来表现它们。中国文人历来喜欢梅兰竹菊,还有松,以为它们清高正直,没有媚态。但是,胡先生爱松爱菊还有她的原因。一方面是她和老舍先生一样,熟悉菊、爱松,另一方面是看中了松、菊的生命力。所以,她画的松,非常之苍劲、老练、有力,一副顶天立地、饱经风霜、生机盎然的样子,一身的傲骨、一身的不屈、一身的刚强。

而且,细看她画的松,似乎和齐白石,和于非闇,没有多少关系,是她自己的东西。

她在画松上,走出了自己的路。这条路,首先是在立意的审美判断上有所突破,有想法,有故事,有内涵,有文章,其次,随之而来的是在艺术表现手法上有突破。她晚年的松,既不是齐白石的大写意,也不是于非闇的工笔,而是一种独特的"杂交",一种连写带工,一种小写意，一种并不刻意追求笔墨之力，而是在艺术气氛上追求大气，追求毅力，追求挺拔，追求独立，进入一种以内在动力感人的境界。

看这种画，绝猜不出是一位年近百岁的老妇人所为。

所以，有一次詹建俊教授一边看她的画，一边脱口而出："老而弥坚！苍劲有力！充满向上的活劲！"

一般的女画家，作品都有其柔媚的一面，表现女性独有的纤细温情的一面。这些，在胡先生那儿，并不明显，她有一种慈母式的博大。

这和胡先生的出身、经历、家庭、所处的时代都大有关系。

胡先生自幼好强，奉行自强自立原则，是我国首批现代女大学毕业生之一。

在抗战时期，由1938年到1943年，在老舍先生所写的家书中，完全可以看出先生眼中的夫人是多么坚强的一位小妇人，老舍先生为此而多次公开感激她，敬佩她，表扬她。她孝敬婆婆，善待大伯子一家，教子有方，以教书为生，待人热情，是个心地善良和蔼可亲的人，深受学生和教育同人的喜欢和尊敬。

1937年至1943年在敌后沦陷区的六年苦难；1943年由北平出逃至重庆的千辛万苦；1966年之后长达十年的"文革"苦难，是胡先生一生中的三大苦难，她都咬着牙挺过来了，成为一位新型中国女知识分子的杰出典型。

记得，在1978年为老舍先生举行的平反追悼会上，邓颖超妈妈提前来到会场，背着胡先生，把我们几个儿女叫到一块儿，说了一番语重心长的话。她说：恩来和我，都知道你们的妈妈是一位伟大的女性，是一位了不起的坚强的妇女，是一个榜样，你们要好好向她学习，你们一定要在今后的日子里善待她，让她有一个幸福的安详的晚年。邓颖超妈妈还说：我今天是故意早来的，因为恩来如果活着，他一定会第一个来的，除了表示对老舍先生的怀念和敬意之外，他一定也还要对你们说刚才那些关于胡妈妈的话。所以，务必请你们记住，你们有一位了不起的坚强的母亲啊。

这么看来，胡先生画松、画竹、画梅、画菊，绝对是有她的用意的，她喜欢它们，以它们为友，觉得它们的品德高洁，它们是做人应有的品德的化身和象征。

胡先生索性将自己的画室取名为"朴竹室"，自己题字，请人找一块大匾，刻上"朴竹室"三个大字，悬挂于门上。

胡先生成长为一名画家，画出了自己的名堂，在两点上是和老舍先生有关的。老舍先生一生酷爱美术，自己虽一笔都不会画，但对美术有极高的鉴赏力和很独特的见解，喜欢广交画家，喜欢收藏美术作品，喜欢评点美术作品，写过不少观画展有感之类的文章，说得头头是道，而且一针见血，对几位现代大画家起过重大影响。老舍先生喜欢黄宾虹，喜欢齐白石，喜欢傅抱石，喜欢林风眠，喜欢赵望云，喜欢李可染。在家中，他在美术方面的所作所为，包括评点议论，张挂收藏，题字褒贬，都潜移默化地直接影响了他的夫人。说一句并不夸大的话，他的艺术喜好和艺术主张，实际上，无意中在家中造就了一位画家。其次，老舍先生的人生态度和文学主张也直接影响了胡先生的创作取向。老舍先生出身寒苦，平民意识极浓，天生地同情劳苦大众，所以他反对文人气，主张通俗，主张用白话，主张贴近老百姓，反对技巧挂帅，反对追求所谓笔墨酣畅淋漓，反对深山隐寺和孤芳自赏，高度评价美术变法，主张进步，诸如夸奖赵望云的泰山劳动人物图，夸奖齐白石的大白菜大萝卜，夸奖李可染的醉和尚和龇牙咧嘴的挖耳罗汉，把朴拙当作高明，把出新当作追求。应该说就近有老舍先生这样的艺术理念，又是胡先生的一种莫大的幸运。所以，晚年胡先生才拿出了谷穗，才拿出了苹果大鸭梨，才拿出了不能登大雅之堂的鸭塘和猪圈，这里面，固然有时代的烙印，但是，谁能不说还有着非常深的理性叛逆和大胆的创新呢。

  这种叛逆对胡先生来说，与其是理性的，不如是感性的。她画的松和菊包含着坚强，但绝没有孤傲；她画的松和菊包含着亲近，而绝没有清高。她着意传达生命的意志和母爱的博大，是生命力的顽强赞歌和人间大爱的颂歌。这样，她便自然地由传统里脱胎而出，她成了新女性艺术家的代表，赋给画中的松和菊以新的生命意义。

就连老舍先生的好客和广交朋友在胡先生晚年的创作中也有明显的反映和继承。80年代以后，舒家的客厅又开始高朋满座，胡先生甚至在院中举办过多达数百人的Party，每一角落都站满了人，表演节目，闹翻了天。胡先生的"豆汁宴"，她亲手做的"芥末墩儿"，远近闻名。她频频地写信，不光给孙儿辈，还给诸多朋友，问寒问暖，给别人当参谋，寄偏方，寄药，寄画，寄字。老舍先生那些劫后余生的老友，差不多都成了她的好友，又开始频频相约下饭馆，逛公园，祝寿，赠诗赠书赠画册，走动得非常密切。一来二去，在胡先生的画上，居然出现了许多大作家的题词或题诗，有冰心的，有曹禺的，有臧克家的，有艾青的，有姚雪垠的，等等等等，成了一道特别的风景线，仿佛把已经隔世的中国文人的互敬互爱互衬精神又奇迹般地搬出来上演了一番，也把胡先生热情好客慈祥善良的性格在不经意之间永久地撒落在了人间，成就了一批大文人联手打造的艺术珍品，而其核心的操作者就是胡先生本人。

胡先生美术作品的阳刚气和审美特点以及从众向上的生命取向，或许，是胡先生的最大贡献，因为这些都是反传统的，代表着一种进步，而这正是中国画这种古老的艺术形式最最缺乏和最最需要的东西。

个性即画，偏偏又极有启示性，这便是胡先生的画的价值。

人艺十二现象

人艺50岁了,可以讲的故事实在太多太多,以至好像又无从说起。

"人艺"两个字,有点像《红楼梦》,或者《安娜·卡列尼娜》,一提它,任何人心中都有个特殊的形象,不用细说,都明白,只是说不大出来。

人艺太"大",一细说,唯恐把它说小了。它太精深,太复杂,太庞大,它有太多的故事。所以,只能说些现象;或许,把这些现象摞在一堆儿,才能勉强拼出一个可以描写出的人艺来。那我便试着做做。

郭、老、曹现象

一个大剧院有一个或者几个大作家为它写戏,是它成功的一半,这已经成为世界著名大剧院的"定律"了。人艺有福,中国最有才气的几位现代戏剧大师是它的剧本作者,真能用"如虎添翼"来形容,使它绝对处于领先地位,这一点,有目共睹,不必多叙。

焦菊隐现象

导演是剧院之魂、之中心、之导师,趁不趁好导演是一个剧院能不能"演"起来的关键,这也是世界著名大剧院的"定律"。人艺真有福,以焦菊隐为代表的四大导演在建院之初就都就了位。焦菊隐的厉害,在于他有学问,有理论,有体系,一句话,有自己的理念,而且是完整的一套,包括具体的办法,看看人艺早期的演出记录档案,包括那些演员角色自传和焦先生的批语,就全明白了。在他之前,无人这么办。人艺是焦菊隐调教出来的,此话绝不过分。

于是之、林连昆现象

焦先生带着一批20岁左右的年轻人,演《龙须沟》,一炮打响,这批人奠定了人艺自己的演出阵营的班底,他们也是人艺风格的主创人,是人艺风采的主要标志,在男演员中,他们的代表者是于是之和林连昆。他们是真正的"角儿"。听戏听角儿;看人艺的戏,也是同样,看于是之,看林连昆,真过瘾啊。看一出戏,能叫你终生难忘,并以此自豪,这是好演员的演技魅力。

叶子、舒绣文、朱琳、赵蕴如现象

这四位是人艺坤角儿的代表,她们都是老一辈的话剧演员,和于是之、林连昆不同,并非焦先生带出来的,但是以她们为代表的老一辈女演员构成了人艺初期、中期的半边天,同样出类拔萃,同样光彩照人。她们的名字也和人艺画等号,是人艺的骄傲。顺带说一句,她们的敬业精神,和于是之、林连昆的敬业精神一样,是她们成功的最基本保证，也是人艺的最重要的精神遗产。

苏民、郑榕、蓝天野现象

这三位的演技都不得了，最重要的是嗓子不得了，现而今，再到哪儿去找这种黄钟大吕般的嗓子呢。话剧靠嗓子，不靠"麦克风"。话剧靠语言技巧。而苏、郑、蓝三氏的语言是一种力量，力透纸背的那个"力"，能打倒许多东西的那种。这三位对语言的把握达到了炉火纯青的境界，成为人艺传统中的重要而光荣的组成部分。

英若诚现象

英若诚有学问，家学渊源厚实，自小英文底子好，又是大学本科科班出身，嘴灵手巧，人称"英大学问"，他会翻译外国戏剧专著，他会引进优秀外国剧目，于是，他便成了人艺的一个特殊现象的代表人物。就是说，人艺演员有很好的文化修养，知识结构高，艺术修养高。人艺演员中许多人擅画、擅写、擅唱、擅乐器，博学多能。这样的人，戏路子宽，演什么像什么，可称"基础好"。

狄辛现象

狄辛在台下并不十分漂亮，可是一上台，一扮装，光彩照人，十分好看，一大奇迹。人艺一大批女演员几乎都有这个特点，堪称人艺女演员之"一绝"。说到底，是她们的气质好，有"派头"，适合上台，台上漂亮。她们是天生的演戏坯子。

董行佶、任宝贤现象

这二位是有名的怪才，极度敏感，有天分，而且特别用功，加上音色奇佳，说出话来，像一种特殊的音乐，在朗诵界也是佼佼者，名气极大。用口若悬河、一气呵成、气势磅礴来形容他们非常恰当。可惜，他们俩都英年早逝，至今，提起来，仍令人极为怀念。人艺人才荟萃，竟有这等奇才，也是它的过人之处。

黄宗洛现象

黄宗洛是小人物大王，一辈子专演小人物，可是他是大演员。他一身，由头到脚，全是戏。看他演《三块钱国币》里的警察和《茶馆》里的松二爷，绝对是一种莫大的享受。黄宗洛式的演员在人艺能成把地抓，他们跳出人艺都是头排主演。全是有这种甘当配角却用整个生命去演戏的大演员群，人艺才顶天立地。

王文冲现象

王文冲是优秀的舞台设计的代表，是大艺术家，他和他的同事们的作品多数已成为舞台设计的经典。人艺的成功里有他们不可磨灭的贡献，因为这个环节是舞台不可缺少的有机部分，同样是顶梁柱。

冯钦现象

冯钦是舞台效果专家。《茶馆》里的叫卖声全出自他的嘴，喊出来令全场观众惊心动魄，胜过许多台词。他和他的同事们是人艺的一大宝。

赵起扬现象

赵起扬是党务工作者，人艺的成功却和他密不可分。他能团结人，他能以身作则，他能任人唯贤，他能知人善用，更能尊重知识和知识分子，他能和演员们打成一片，而且成为他们的知心朋友和良师。这样的领导人难找啊，可是人艺有幸有了赵起扬，人艺的腾飞便有了保证。

以上的分析虽然挂一漏万，但恰如一道微积分题，或许等号右侧便是那说不清道不尽的"人艺味儿"了，但愿如此。

我以此为人艺祝寿，无非是说，因为有了这些光荣传统,才有了今天"人艺"的辉煌。活跃在当今人艺舞台上的话剧工作者,请原谅我,没有一一道出你们的名字,但你们完全可以自豪。你们正立足于这些优势,有所发展,有所创新,从而牢牢地占据着今日话剧阵地当之无愧的领头羊地位。我衷心祝贺你们的成功。

祝人艺有一个更加辉煌的第二个50年,再出他12个乃至24个令人津津乐道的、傲人的、仅仅属于人艺的独特现象吧。

大艺术家于是之

如果说，北京人艺每一位老演员的事迹都能写一部书的话，那么，于是之便天然的是一部大书。

也巧，大约十年前，北京人艺确曾计划为老演员编辑出版一套丛书，我有幸参与了其中两本的编写。一本是关于叶子的，另一本是关于英若诚的。我都写了文章，其中一篇还被当作书的序出版。后来，这两篇频频被转载，直到最近还在继续。对此，我很高兴，也为叶子和英若诚高兴。所以，这次，当北京人艺约我为于是之的专集写序，我便特别爽快地一口答应了。

我的潜台词是：关于他的书早就应该编辑出版了。十年前，于是之还在领导岗位上；他谦虚，不让写他。我当时就在会上说，第一批人选中必须有他。可惜，让他谦虚掉了。

哪知道，从那以后，于是之的身体就一天不如一天了。我眼看着他的状况直线下降，我为他揪心，为他惋惜。我和朋友们曾邀他到外地旅游,借故把他拖出来,想着法逗他乐,让他开心。后来,他们夫妇都入了院,我一直不敢去看他。那时,他还能认人,但是就是说不出整话,张着嘴"嗯嗯嗯",干着急,能把他急死。想到他的处境,我一个人偷偷地在床上为他落过泪,心里十分难过。唉,一个天才⋯⋯

上上星期日,在北京交响乐团为李德伦举行的纪念音乐会上,我意外地遇到了是之的夫人曼宜,急切地问她:"是之如何?"及至她说:"他说的话连我都听不懂了。"我不敢再问下去。一个可天下说话说得最漂亮的人,竟至如此,真是天大的悲剧。我又一次为他落了泪,当晚就发起了高烧。

我的一家人,我的父亲,我的母亲,我的姐妹,我自己和我妻子,都和于是之很熟,交情很深,知道他很多故事。我们知道他是中国最好的话剧演员,也知道他是个大好人。我们都爱他,信任他,以他为荣,包括父亲在内。父亲生前爱叫是之到家里来商量剧本,爱带他下小馆,而且常常一锤定音:这个角儿是是之的!好像量体裁衣似的,写本子的时候就内定了演出的人选。

于是之的发达也确实在很大程度上和父亲有关。当初,焦菊隐先生带着一批二十几岁的年轻演员排演《龙须沟》,一炮打红。后来,这批演员成了北京人艺的台柱子,又演过《茶馆》,个个天下闻名,人人都能独当一面，于是之便是他们的杰出代表，宛如领头羊。仅以于是之扮演的程疯子、王掌柜和老马为例，他们已成为家喻户晓的经典剧中人，个个都是里程碑式的不朽形象。

中国话剧，自从一诞生，就很强，成了现代艺术门类中的强项，在中国现代化进程中起过重大的推动作用，非常拿得出手，有一大批辉煌的名字永载史册。1949年以后，话剧又有飞跃的发展，虽然其间有重大的挫折和灾难，但是总体上达到极高的艺术水平，绝不亚于世界上任何国家。

于是之便是这达到了世界水平的中国当代话剧的光辉的标志性演技派大师。他的学识、功底、敬业、造诣、成就、威望和为人都是当之无愧的。

是之出身寒苦，跟着寡母长大，挨过饿，受过冻，有丰富的人生经历，和老舍先生少年时的经历有些类似，大大不同于纯学校出身的人，这对他日后的舞台创作极有帮助。他说过，他自认为演得最出色的角色，是一个非常小的配角，话剧《骆驼祥子》中的车夫老马。在旧社会，他上过那样的小破茶馆，看见过那些在垂死线上挣扎的"老马"，有过类似的体验。实际生活为他提供了丰富的阅历和取之不尽的素材，底子厚是他成功的一个重要原因。

是之有学问。真正有学问的演员并不很多，在北京人艺里，一个是是之，一个是若诚。我在北京人艺的档案里，看过排《龙须沟》时是之写的角色日记，密密麻麻几大本。他是真动脑子，常常探讨一些表演的理论问题。他的古文底子也不错，知道不少典故，知道该到哪儿去查，知道该向哪位专家去借什么文献，能为年轻的剧作家有根有据地出点子。管行政，搞人事，或许是于是之的弱项，但是，凭他的学问，他是非常恰当的有真才实学的大剧院艺术领导人。在他已患重病的时候，有一次，我请他写一篇关于《茶馆》的文章。使我吃惊的是，他说他正在整理焦菊隐先生的笔记。他说焦先生有一套完整的艺术体系，可惜没有机会写出来，只留下几本小笔记本，都是随想随记的短句，概括性极强，而没有展开的详示。是之知道这些句子的重要性，都是焦先生生前常常说到的观点，宛如一张大网，经纬都有了，只待填空。是之想把这些空儿替焦先生填上。

于是，他日夜冥思苦想，可惜，脑筋已经转不动了，说话时，他攥着拳头，使劲地砸自己的脑袋，痛苦不堪。更使我惊讶的是，他居然写出了很长的一篇有关《茶馆》的文章，有虚有实，有观点，有例证，有理论，而且观点犀利尖锐，带到长春市去，在全国老舍学术研讨会上由曼宜替他宣读，大受专家学者的好评，后来全文发表在《中国现代文学研究丛刊》上，成为是之的一篇压轴长文。

是之的文章，尤其是散文，写得极漂亮。他的那本自选集《演员于是之》，是我最喜欢念的散文集之一，是之大概是演员中文章写得最好的一位。他的文章极短，文笔精练，流畅，立意却奇妙，而且品位极高，文如其人，读了令人敬佩，而且感动得泪流满面。是之是个大文人。

是之会写字，会画画，我留有他的册页，是典型的文人画，是和赵丹一起来玩时酒后完成的。没有带印章，是之用红颜色——手绘了图章，成为佳话。

文人、写家、画家、演员，集于一身，如今，到哪儿去找！

我在后台见过这样的场面，化好了装，是之坐在一个角落，极庄重，几乎就是正襟危坐，双目微闭，绝不再说闲话，渐渐进入角色，单等铃响上台。

这是一个画面，画的是一个严肃的人，一个对待艺术一丝不苟的大艺术家；当作序，或许很好。

2001年11月27日

（原载《北京名人丛书：于是之》，同心出版社2002年版）

最伟大的龙套
——追思风子

演戏不能没有龙套,一出伟大的戏,尤其需要许多人跑龙套。为伟大的戏自愿跑龙套,而且,以此为荣,尽心尽责,也很伟大。

风子,就是这么一位伟大的龙套。

她,演戏,演主角,在好多有名的戏里演主角,却不是演员,更不是明星,也不以此来夸耀;她仿佛只是在演大作家的大作品给人看,证明这部或者那部作品有多么好。

她,编杂志,做主编,在不少有名的刊物里当编委、副主编、主编,也不以此来炫耀;她仿佛只是在开辟一块块园地,提供足够的土壤、水分、阳光和养分,好好地照料那些栽下去的种苗,让它们开出绚丽的花和结出丰硕的果。

她,因为自己当过作家,写过很漂亮的小说和散文,知道创作规律；因为自己当过演员，知道艺术内里的门道，所以，服从需要当了一名极为称职的文艺管理干部，从此，不再演戏，不再写小说，连散文也写得少了，终日，很内行地，热情地，尽责地，忘我地，默默无闻地，忙碌。

于是，风子便成了牡丹花旁的绿叶。

20世纪上半叶中国文坛上出现了一批巨匠，像郭沫若、茅盾、老舍、曹禺、田汉、欧阳予倩、洪深、阳翰笙、夏衍等等，他们写了一批传世之作。他们的出现绝非偶然，除去许多历史的、客观的、主观的因素之外，是因为有风子这样的一批心甘情愿的人，围着他们转，替他们服务，帮他们跑腿，给他们宣传，演他们的戏，登他们的作品，讨论和指出他们作品的优劣，做他们忠实的朋友和助手。

风子和这批文化巨人是"一个筐里的"，绑在同一辆车上，走的是同一条道儿，他们共同创造了无愧于那个伟大时代的伟人文学艺术。

风子为自己在宏伟事业中找到了一个恰当的位置，在这个位置上，她做出了大量好事。

这个位置就是龙套，一个谦谦君子般的龙套，一个大写的龙套，一个以自己的肩膀替后人做攀登起点的龙套，一个就连文化巨匠们也要为之脱帽致敬，在她坟前落泪的龙套。

风子有一本纪念册，是她的宝贝，她珍藏了多年。1994年，可能，对自己人生的终点已有所预感，风子把它交给了我，说：捐给巴金先生倡议建立的中国现代文学馆吧。

那真是一件稀有的珍贵宝贝，中国现代文学馆把它郑重定为一级文物藏品，因为它是实实在在的历史见证。那里面有历次"文代会"出席代表和来宾的留言、签名、绘画，由1949年一直延续到80年代末，多达几百人次，上至周恩来、郭沫若、茅盾、周扬，下至像写《小井胡同》的年轻后生李龙云，几乎，在整个文艺界中，想找谁的名字和留言，就都能找到，就那么整齐，那么权威！而且，全散发着时代的气息，写的是符合那些历史阶段的话，连毛泽东1949年的速写像和他本人的签名也赫然耀目其间，真不得了。

在一个本子里，累积征集这么多签名和留言，用心于忠实记载文学艺术历史的脚步，这就是风子的风格。

这个本子就是风子本人的化身：她做好事，她成全别人，她想着事业，她不辞辛苦，她默默无闻，她团结大家，她无私奉献，她甘当孺子牛。

在风子晚年，可以在任何需要她帮忙出力的地方，找到她的关心，而且，她确实有那个实力。需要阳翰老的照片，她有；需要田汉的资料，她有；需要请夏公出面，她答应去牵线；需要为欧阳予倩编全集，要她当主编，她不打奔儿，而且不要一分钱。

风子有一双纤小温暖的手，这双手属于朋友，在任何需要帮助的时间和地点，她都会向朋友伸出来，尽在不言中。

一位美国朋友在风子去世后写信给沙博理，说是年迈多病的风子曾手拉手领他登上八达岭，教他认识了中国和那古老的文化，使他极为感动，使他终生难忘。

沙博理含着泪说是风子的手，拉着他沙博理的手，像登长城那样，拉着他来到中国人民中间，找到了一个伟大而壮丽的事业。

是的，正是这双手，和中国现代文化巨人们紧紧地拉在一起，和无数普通的文学小人物们紧紧拉在一起，结成了一座举世无双的文化长城。

这双手，很小，很美，很柔软，很有劲儿，永远不声不响，默默地递给你，做你的依托，给你无限的温暖。

风子悄悄地走尽人生道路，没有遗体告别，没有追悼会，没有讣告，什么都没有，正像一位龙套悄然走进幕帘一样。

只有一个小小的鲜花篮摆在案头，缎带末端写着献花者，一位文学大师的名字：巴金。

只有一缕青烟升天。

然而，风子的手，那双不可替代和不可或缺的手，却留在了人们的心中，永远永远。

戏，曾是她的生命
——叶子印象

1991年9月21日，叶子坐在我的对面，气色很好，今天她高兴，突然，像自己对自己说，她喃喃地吐出了一句使我大吃一惊的话：

"三个男人，我最亲近的人，父亲、丈夫、儿子，全舍掉了，为了戏……"

北京人民艺术剧院一代名优叶子已经80岁了，住在郊外的一个养老院里，心情平静，在写回忆录，刚才这句话，是深思熟虑过的，是脱口而出的。是80自述吧，是总结吧，是提纲吧，是一个忠诚于事业的一代名伶的最感人的自白吧。

可敬的苦人儿！

不，不，不，不能这么说。

此时此刻，她毫无懊悔之意，心平如镜，坦荡，自豪得很！

她明明在微笑，是的，在微笑。

骄傲的人儿！可爱的人儿！

我脑子里翻上另一个怪杰的名字——李叔同，弘一法师。不知为啥，有点像！

几乎所有的人，包括一些李叔同传记的作者，总把他的出家当成一个谜，百思不解，得不到满意的回答。只有他的几个挚友，像丰子恺，不做如是想。他们以为这是必然的，因为他们不是站在"李叔同"的立场，而是站在"弘一法师"的立场看问题。

那么，对叶子，似乎也有两种接近的途径。一个是世俗的，另一个是献身于事业的大艺术家的。让我们试图用后一种眼光来观察吧，尝试着用她自己的逻辑来思考吧。

叶子是师范大学正规的毕业生，却立志要当演员，去南京报考剧专，家人反对，她不惜父女决裂，偷偷南下，当了一名学员，是家庭的叛徒。

剧专毕业以后，她真的当了演员，而且，很快就当上了主角，是《秦良玉》《赛金花》《日出》《新梅萝香》《北京人》《国家至上》《茶花女》的主演，成为抗战后方成都、桂林的话剧大明星，赫赫有名。她全身心地投入演戏。为了能演戏，后来她再一次从家庭中出走，在家庭和事业中第二次痛苦而勇敢地选择了后者。这次决裂后开放的第一朵花是《龙须沟》中的丁四嫂。丁四嫂的扮演无可争议地奠定了叶子的艺术地位，使她成为中国话剧界最优秀的女演员之一，成为新中国话剧事业功勋卓著的元老之一。

为了丁四嫂的哑嗓，叶子把自己的嗓子练哑了，成为话剧界人人皆知的美谈（也是憾事！）。打那以后，叶子自己在台下说话竟全然是一副哑嗓，永恒的丁四嫂！

叶子每天记演戏日记，丁四嫂在第一幕里一共有67句台词，不足两千字，可是，叶子一天的日记（全是关于丁四嫂的第一幕中的生活和动作线）竟有6000字之多！

叶子的演戏日记是演员"精气神儿"的最高境界，是宝！

她是个"戏痴"。

她为戏"发疯"。

没有台上台下之分，没有工作休息之分，没有剧院家庭之分，只有一门心思，只有丁四嫂，没有叶子！

她能把一双脚上的袜子演出三个样儿来：第一幕里袜子全在脚面上嘟噜着，又破又脏又邋遢，证明她又穷又忙又没起色，无精打采地过日子；第二幕解放了，把袜子提了起来，因为有了像一点样的裤子，怕地面的水把裤脚弄湿，便把袜子套在裤脚外面，鼓鼓囊囊的；到第三幕，修了沟，生活有了盼头，买了双带颜色的新袜，一露面就先让别人瞧她的脚："你看袜子多抱脚啊！"表示她由衷的喜悦和满足。

真琢磨到家了。其实，剧本里第三幕写的是"新鞋真抱脚"。她小改一下，前后呼应，于微细处见功夫，绝对是精益求精。

叶子为演戏付出了超常的精力。

连她离开舞台都充满了悲壮。

她演了整整20年，戛然而止。她觉得体力不支了，不能全力以赴了，不能拿出尽善尽美的货色了，便毅然决然地告别了舞台，决不凑合！谁劝也不行！

能拿120分时，决不拿100分，到剩下仅能拿80分时，她便主动下台。在她心里，演戏是神圣的事业。

叶子有幸接触过许多著名的文人，包括大作家、大诗人、大戏剧家、大学者，她和他们是很好的朋友。

叶子爱动脑子，和这些朋友接触，使她受益匪浅。演话剧《骆驼祥子》的虎妞时，她登门问过老舍先生：

"您说，虎妞是好人是坏人？"

老舍先生反问她："你说呢？"

"要我说，是坏人！"

老舍先生不说"是"，也不说"不是"，笑了笑，只"嗯"了一声。

后来，叶子因病退出了演出，但是，她却写了一篇小文章，专谈虎妞的"好坏"。她不同意把虎妞当成一个争取婚姻自由的人物来处理，她以为虎妞很实际，她要继承父业，经营车厂，祥子是个好助手，得把他抓住。她和刘四爷的斗争也是一场经济斗争。她的这种看法和当时剧院里的多数人的看法是不大相同的。她尊重改编者、导演和另外两位虎妞扮演者,可是这并不妨碍她独立思考,别看问题问得挺"小孩儿"的,想得却很深,而且能有自己的答案。

生活中,叶子像个孩子,单纯、透明,我甚至还想用"天真"这样的词儿。

我家养着许多很漂亮的小草花,有一种叫仙客来,北京人叫它"兔子耳朵",因为花瓣儿很像兔子耳朵。叶子记住了这种花,进门就要看,嗓门挺大:

"那,那什么来着?什么耳朵?叫什么耳朵的?"

她自己活泼地大笑,笑自己的傻记性。

以后,全家人看见她来了,都说"什么耳朵"来了。

叶子看见外国妇女穿着肩上只有两根小细带儿的太阳裙,会吃惊地站起来,旁若无人地大声问:"怎么挂得住啊?"慌得旁边的朋友赶快把她按住。叶子就是这么个又复杂又简单的人,一副大艺术家的复杂和简单。

住进养老院之后,摆脱了琐事的干扰,叶子说她一天能写好几千字回忆录。

她又回到她的戏里,戏是她的生命,过去是,现在也是。

(原载《文汇报》1992年3月19日)

交叉点上的人
——英若诚

大演员是水,倒在什么容器里便是什么样子。这是一种性能,特别的。

大演员必须忘掉自己,他永远是别人。

大演员是不定型的,是多变的,东一榔头,西一棒槌,永远不在一个地方。

大演员的嗓子都应该是多腔多调的。

英若诚,在舞台上塑造了刘四爷、老刘麻子、小刘麻子、威利·洛曼,土的极土,洋的极洋,相距十万八千里,却个个戳得住,地道得很,好像换个人来演就不像了,一致公认非他莫属,可谓到家。

所以,他是大演员。

每个大演员都有自己的特殊条件,特殊经历,特殊才能。说不清这些特殊之处,便无法理解他,后来者,也就无法借鉴他。

那么，什么是英若诚的特殊之处呢？

他是满族人

这个命题，乍一看，似乎有点不着边际。记得在一次讨论中，曾使与会者大惑不解。过去历史偏见使不少人对满族人没有好感。在这些偏见中，旗人老是和游手好闲、提笼架鸟，甚至和丧权辱国的慈禧太后画等号。

事情并不是这样的。

撇开清朝前六个皇帝对整个中国历史的伟大贡献不谈，撇开康熙大帝作为一个杰出的帝王有过许多超过前人的辉煌业绩不谈，就一个民族来说，满族实在是一个非常有才华的、了不起的民族。它多才多艺，又特别擅长学习，入关之后全面继承了有悠久历史传统的汉文化，成了一个文化水平很高的民族。

满族人数很少，这个民族曾是统治民族，虽然内部也分上下等，也分贫富，也有统治阶级和被统治阶级，但是，总体上生活是有保障的，这是他们习文从艺的物质条件。起初，全部男人都在军事编制之内，上下全是武士，后来，进入中原，统一全国，平静了下来，有了工夫，也有了闲人，兴趣开始转移。于是，历史便把一个民族整个地推上了艺术舞台，这是一件罕见的事情，非常奇特。

到了清朝末年，满族成了一个"熟透了的"民族，他们把注意力全放在文化的细枝末节上，诸如精美的鸟笼怎样配备一把玉制的雕花的除鸟粪的小铲子，像对待一件艺术品！

满族人，人人多少都会一点吹拉弹唱，虽然并不都识字。他们会玩一两样乐器，会唱两段二黄，会哼几句牌子曲，会说故事，全是评书上学来的。他们会养花，是摆弄菊花的高手；菊花最难养，要整整伺候一年才成。他们会养各式各样的小鸣禽、小昆虫。满族人家家都有几张画，几样瓷器，几件稀有树种木材制作的家具。他们吸收各种宗教的营养，佛教的（包括藏传佛教的）、道教的、萨满教的、儒教的；对伊斯兰教、天主教和基督教也客客气气。他们按照节气隆重而多变地欢度五花八门的节日，走马灯似的换穿戴、换食品、换玩法。他们极懂礼貌，成了最高雅的最烦琐的礼仪的奉行者。

清朝末年，统治者内外交困，国力大减，人民遭殃，一般满族人的生活也一天不如一天。他们的钱粮常常不能按时发放，就是发下来，也被克扣去不少，缺斤短两，成色不足，难以为继。寅吃卯粮和赊账成了常事。他们之中的一些人被迫偷偷地干起第二职业来，亦兵亦农或者亦兵亦工或者亦兵亦商。就是这样，以豆汁儿度日的时候也还是越来越多。

不过，不管怎么穷、怎么窘，他们的规矩不减，形成所谓有钱的"阔讲究"，没钱的"穷讲究"。他们的气质在，一眼就能瞧出来。

一句话，满族人，差不多人人都是半个艺术家。

难怪，京城里，一直到民国，甚至一直到50年代，在知名的演员、画家、书法家之中，满族人占了很大的比例。因为基础好，所以概率大。

这不，又是一位：英若诚。

满族人还颇有语言天才。满族人口齿清楚，嗓音好，学外来语又快又好。我国现代大语言学家中有不少是满族人。满族人和北京其他民族的居民共同享有清脆便当的北京话的发明权。而北京音，众所周知，后来成了国语和普通话的基础语音。

英若诚说一口漂亮的北京话，他的英文说得又像北京话一样轻快。谁都知道，语言对一个演员是何等重要。

英若诚的满族出身对他后来成为一名杰出的话剧演员是个相当有利的因素。

话剧《龙须沟》不论是对焦菊隐先生，还是对整个"人艺"，都有着不可估量的意义，它是一个辉煌的起点。英若诚虽然在《龙须沟》中只扮演了一个小角色——小茶馆掌柜，但他的投入和贡献同样也很值一提。英若诚曾执笔写过一篇谈《龙须沟》舞台效果创作经验的论文，这是一篇很好的总结，为人们勾勒了一个庞大的舞台效果工程，其复杂性是今日的舞台工作者难以想象的。无疑，英若诚以他的认真和多才多艺在其中起了重要作用。《龙须沟》的效果制作是非常考究的。当时，焦菊隐先生动员了一大批人投入效果创作，并对他们提出了严格要求。教他们深入北京街头，收集各行各业的叫卖声，然后根据剧情需要加以筛选、加工和创作。

叫卖是北京的一大特产，多达百种以上，显然是一门专门的民俗。

北京的叫卖非常容易使人联想到满族人对艺术的热情：做买卖都唱着做！

不敢说叫卖是满族人的专利，但是，有一点可以肯定，满族人的多才多艺和艺术修养使北京的叫卖声非常有音乐性，简直就是在唱歌。

英若诚以极大的热情投入焦菊隐先生布置的叫卖大采风中，他的满族出身帮了他的大忙，他熟悉它们，能模仿得惟妙惟肖，他大显身手。

"人艺"演员们对这次叫卖学习印象很深，过了30多年依然念念不忘，后来他们专门编了一组《叫卖组曲》，到处表演过，就像唱咏叹调似的，其中嗓门最大的一位便是英若诚。

这高亢嘹亮的叫卖声恰恰从一个很小的侧面验证了一个重要的观点：丰富的生活体验对演员来说极为重要，说不定什么时候就能用上，迸出耀眼的火花。

特殊的家庭背景

英若诚是名门之后,他有一个大家庭,他的爷爷、父亲是京津一带的名士。

他的长辈中有学者、有教育家、有实业家、有宗教家、有行政官员。

他的亲戚当中有信洋教的、吃洋饭的、做洋事的,像《茶馆》中教常四爷坠入迷雾中的马五爷那样的"怪人"。

家庭越庞大越复杂,体验就越丰富,对演员来说,这又是一种无形的有利因素。

看起来很偶然,没有头绪,可是,对演员来说,一刹那之间,就会变成必然,脉络清晰可循。

演员的灵感,一闪念、联想、顿悟,恰恰来源于从前积累起来的体验。

这里面,关键是两点:一是体验储备,二是想象力。

没有体验储备便是无米之炊,脑中空空如也,再冥思苦想也无济于事。

没有想象力便是没有创造性,放着好原料也加工不出好产品。

一个好演员这两条都须具备，缺一不可。

体验是第一性的，是基础。

一个演员的生活体验如果极为狭隘，大概率不会成为好演员，因为可供他模仿的素材实在太少，他太单薄。

所以，特殊的家庭背景，对英若诚，无疑是先天的有利因素，就像他是满族人一样，宛如两个魔盒，都有取不尽的宝。

英若诚在人艺资料室中憋了几年之后，第一次闪光，是在苏联导演执导的戏中扮演一名牧师。导演大大地夸奖了他，认为演得极好。英若诚倒并没觉得有什么可奇怪的。他说："牧师，洋的，土的，我见得多啦！"

这就是生活体验的好处。他的家庭圈外就有大量的洋牧师，围绕着洋牧师，又有一批土牧师，围绕着洋、土牧师还有一大批信洋教吃洋饭做洋事的"假洋鬼子"，当然，还有许许多多普通的正派的信徒。他见得多了，到演戏的时候，手到擒来，全不费功夫，感觉极好。

另一个好例子便是扮演刘四爷时的"突破"。

演员常常有"卡壳儿"的时候，找不到符合特定人物的感觉，举手投足都觉得别扭，怎么演怎么不像，非常苦恼。

英若诚在扮演刘四爷时的"突破口"是他想起了儿时的一位爷爷——祖父辈的亲戚。此公当时60多岁，身子骨儿棒，爱说爱笑，为人仗义。他年轻的时候摔过跤，当过土混混，后来并不以为耻，反而常常在嘴上夸耀这段"光荣历史"，以至走路都不自觉地迈着"黄瓜架儿"。

英若诚走向刘四爷的"通道"就是这副"黄瓜架儿"的走路姿势。有了这种摔跤上场的架势，刘四爷的感觉一下子就全来了。

"关键还在于演员对自己要扮演的人物是否有深厚的生活底子，"英若诚在总结这段经历时说，"我这里说的'生活'，不限于专门为了演某一个人物而去搜集、体验的素材，它应该包括远为广阔的天地。"

这远为广阔的天地中，就有他的特殊的家庭背景在内，的确是很广阔，也很"远"，都有点模糊了，但是，很现成！

洋文洋话

对这点不必多说，因为非常突出，以至有目共睹。点一下就成了：

一、在一个为外国孩子开的中学上学，一气儿五年，学了一口流利的英语。

二、清华大学外国文学系毕业，是地道的科班。

三、在"人艺"翻译了80万字的斯坦尼斯拉夫斯基的

《〈奥赛罗〉导演计划》，当时戏剧界正在拼命地学斯氏理论，奉为正宗，而这本大书便是这正宗的正宗教科书。

四、演戏之余翻译了不少外国剧本。

五、把外国最优秀的话剧引进国内，近十年来，在这方面，贡献之大首应推他。从眼力上看，一要有很高的鉴别力，二要有大量信息；从作用上看，是一项基本建设，把最好的拿来为我所用，意义绝不止于几个好戏的演出。

六、把中国的好戏推到国外去，一出《家》、一出《十五贯》，使美国人了解了中国戏剧，成为最有成效的文化交流使者之一。

总之，英若诚是一个有学问的人，是个很有艺术修养而博学的演员，这样的人很少，很难得，在当今的戏剧界是出类拔萃的人才。

在"人艺"同行中，英若诚有个绰号："英大学问"，真准确！

交叉点上

作为一门有广大观众有光明前景的艺术门类，话剧应该有两个坐标：

纵坐标是优秀的民族传统；

横坐标是丰富的世界文明。

一个是纵深的，是立的；

另一个是宽广的，是平的。

缺一不可。

没有优秀的民族传统演不了中国戏，世界文明不和民族传统结合便没法移植到中国大地上来，中国观众不爱看，再说，多可惜啊，那么多营养丰富的传统佐料全白扔了，一定出不来伟大的能流传于世的作品。

没有丰富的世界文明知识也不成，不会外文，不翻译，不上演莎士比亚、易卜生、契诃夫，不借鉴各种艺术流派的技巧，纵然有深厚的生活底子和深邃的思想，也难于搞出思想性艺术性高度统一的精品。

演员也是一样，也应该有一双翅膀，也应该站在两个坐标的交点上。

英若诚之所以能成为一个大演员，是因为他站在了几条线的交会点上。

他的满族出身，他的特殊家庭背景，他的外语外文，他的博学，全是线，它们交叉在一起，于是，在交点上便站起了一个非凡的演员。

想想我国话剧界杰出的先辈，欧阳予倩、洪深、田汉、丁西林、郭沫若、老舍、焦菊隐、熊佛西、曹禺、黄佐临等等，他们之中有剧作家，有导演，有演员，或者身兼数行，可是，不管是何种身份，通通都有两根坐标轴，通通都是站在几条线的交叉点上的，大概无一例外。

这是一种规律。

在他们之后，走来一个英若诚，绝对地像，是一个道上的，所以，他有突出的造诣，所以，他的前途不可限量。

是总结？是启示？是小小的预言？

怎么都行吧，希望有些用。

大鹏展翼九万里，全是凭借着强大的风力。独特的、多股的、交错的生活激流，便是那强劲的风力。有了它，展翅吧，直上九霄！

（原载《英若诚》，北京十月文艺出版社1992年版）

高大的"小丁"

小丁,是个本名"丁聪"的小老头,今年八十有五。他生来长得个头就小,而且越来越小,笑起来天真无邪,起居生活包括出行饮食,都受控于"家长",的确像个小孩。最重要的是,他的心态始终像个孩子,能画出顶天真顶浪漫的图画来,"小丁"名副其实。

丁聪以画漫画而闻名于世,出道特别早,16岁就发表美术作品,当年,和黄苗子、吴祖光齐名,号称文艺界三小神童,三个人长得一个比一个矮,本事却都挺大。算起来,丁聪已从画70年,举办一个画展庆祝一下当然是顺理成章的。

这个画展有个名堂,叫作"丁聪文学美术作品展",专选他和文学有关的美术作品,内容包括:

他为文学家画的肖像;

他为文学书籍画的插图;

他为文学书籍做的封面装帧;

他为著名话剧演出做的海报。

丁聪每天作画不止,是美术界的愚公,他的画稿真的堆成了山,害得他只能每天在"山间小道"中穿梭,他称得上是画得最多的中国当代漫画家。

这个画展只是画山的小小的一角,透过它,我们可以看见一个高大的"小丁"。

李滨声大哥

准备动手写序的时候,就有一种预感:这个序一定不像"序",可能既杂乱,又偏离主题。

为什么?

我心中只想着李滨声大哥这个人。倒不是说李大哥这个人既杂乱又让人摸不着头脑。我是说,我的写法可能是乌烟瘴气那类的,只是顺带引出他这本书来。

干吗要叫他"李大哥"?其实,平常只简单地叫他"滨声",很亲切,不见外。

叫他"李大哥"是为了写文章。

想起了《离婚》里的头一句:"张大哥是一切人的大哥。"

在李滨声身上有点这个劲儿。

头一条,他又高又大;可并不是巨人,不强壮,属于"瘦死的骆驼比马大"那种,骨头架子大,长着头号的大脚,大长脸,大颧骨,哪哪儿都大,但不瓷实,略显松懈，李大哥。

其次，他上知天文，下知地理，无所不知，无所不晓，百事通，活的百科全书，李大哥。

再次，他会的玩意儿多，会画画儿不用说，他会写文章，会唱戏，还会变魔术，当今，能有几个人会扎上行头，成本大套地唱京戏！李大哥。

顶重要的是，他心眼儿好，仗义，好打抱不平，又热心，一辈子没当过大官，却是最称职的小组长，而且是副的，专门尽心尽力地掌管最细小最实际最老百姓的那点实事，李大哥。

这就是叫他"李大哥"的由头，多贴切。

我和滨声是老朋友，常在一起开会，有时，一天两次碰头，还一起外出参观访问过，朝夕相处，深知他是世界上少有的大好人。得，又一条，李大哥。

滨声发言以长而著称，滔滔不绝，旁征博引，好"钻"胡同，说着说着便渐渐偏离主道，而且钻进去就出不来，得常常轻声提醒他，才能绕回来，到这个时候，他会满脸歉意，戛然止住，而要说的主题，兴许，还没开篇。

滨声是"天生"的北京人，虽然我没问过他的老家和诞生地。他又是《北京日报》的老人，画画儿写文章都发表在北京的报刊上。老北京管他叫"我们的李滨声"，连北京电影制片厂都常常把他拉去，临时扮个二三十年代的男傧相什么的,他的正差却是"北京民俗顾问"。

这么一个人,一高兴,把肚子里那些玩意儿,画出来,注意,是画出来,不是写出来,够多么具体、实在和可信啊。

而且,所画所注都十分的有趣,绝对令人眼花缭乱不说,真长学问呀。

不信,您就瞧吧。我热情地推荐,李滨声画的全是地道老北京文化,有相当高的参考价值和欣赏价值。

表面上看,它是一部画册,实际上,它是一种寻根追源,一种地域文化的展现,一种热爱、发掘、继承、弘扬传统的执着,一种特别的文学。

真的很棒,就像李大哥本人一样。

一次,在去炳灵寺的船上,滨声坐在我的对面,手放在膝上,因劳顿而渐渐入睡。突然,只见那手轻轻扬起,潇洒一挥,作甩水袖状。

他在唱戏,在梦中。

人生,可以如此投入,如此痴迷,如此没有白天没黑夜,叫我终生感动。

宗月大师

宗月大师死得很突然。他的圆寂轰动一时，带着巨大的传奇性，恰如他的一生。这是一个非凡和尚的非凡一生，就连他的死也是那么非凡。

宗月和尚晚年是北京的大和尚，其地位仅次于广济寺住持现明法师。因为现明法师年老多病，广济寺的大事便落在了宗月和尚的肩上，虽然，宗月和尚并不是广济寺的人，他自己住持着北京城西南角上的鹫峰寺。他睡在自己的庙里，每天却要到广济寺去，协助现明法师处理广济寺的大事要事，在那里吃一顿午饭。他修持极严，奉行严格的"过午不食"。

宗月和尚虽然入了佛门，可是却愿意保持许多民间的习俗。阴历九月九，是重阳节，按照北京的民俗，是要登高的。这一年是1941年，宗月和尚已经61岁。他的师傅现明法师正在重病之中，宗月和尚却没忘了登高。为了登高，他专门到澡堂去沐浴，换上一身在估衣铺里买来的，虽然便宜但还算整洁的道袍，就近来到西安门大街路北的有二楼的小饭铺，坐在楼上，要了一碗豆腐干丝汤，吃了一块花糕，登"高"一望，美得不得了，不觉开怀大笑起来。宗月和尚的哈哈大笑是有名的，不管多难多愁的事，全无所谓，挡不住他的笑。他的嗓音很好，笑声洪亮，颇有气势。恰在此时，现明法师病逝，广济寺顿时陷入一派悲哀和慌乱中，而宗月和尚这边，他的小小的登高仪式还未结束，只听得他洪亮的笑声一阵阵传来。广济寺里火速派人将他找回，说是有一桩大事等他裁决。原来是广济寺内为了如何办现明法师的后事发生了严重争执。一派以法徒现宗为首，他们花了一万多大洋做了一口极为讲究的棺材，打算土葬；另一派以剃度徒宗静为首，他们花了三年的工夫，用香樟木做了一座极为精美的龛子，打算火化。双方背后还有北京和天津的地方势力。争到不可开交时，只好请现明法师的第一高足宗月和尚来主持公道。宗月和尚哈哈一笑，说："我不说，说了你们也不听！"双方都说："您说吧，只要公道，一定听从。"宗月和尚胸有成竹地拿出了自己的方案："用棺材，但必须烧，四大皆空！"天津方面忙问："那，龛子呢？"宗月和尚从容笑道："留给我用。"问题就这么解决了。三天后，为现明法师接三，宗月和尚既不戴帽，也不穿孝，只是把接三队伍送到广济寺大门口。他以为这些都是迷信，不愿同往。他坐在庙门口的利生会里，拿起桌上的一个账本，写了四句偈句：

> 芸芸众生芸芸事，
> 芸芸来的芸芸去。
> 有时芸芸不耐烦，
> 赶快去问西来意。

扔下毛笔，"哈哈"，死了。此时，接三队伍的尾队不过才到西四牌楼，得到宗月和尚无疾而终坐化了的消息，立即折回，抢救，无奈已为时太晚。那座极为精美的座龛果然派上了用场，连龛带衣裳都归了宗月和尚。抬回鹫峰寺，21天后，举行送葬仪式，至阜成门外马神庙的广济寺塔院茶毗。这一天，为宗月和尚送葬的消息不胫而走，他的两千多名徒弟和上万名北京西城受过他的恩惠的贫民，自动走上街头。他们搭起了一百余座茶棚，当了自己的衣物，扯了新布，穿上了灰色的丧服，还募捐了近万元钱，向这位毁家救贫的大和尚叩头行礼，表达自己崇敬感谢之情。他们号啕大哭，他们追随他的灵龛，依依不舍，步行十里，唱出了一曲惊天动地的哀歌。那哀歌，冲破了沦陷了的北京沉闷的空气，一直传到远远的大后方。火化之后，发现了许多颗舍利子。人们相传，宗月和尚真的成了佛。

宗月和尚（1880—1941.10），俗名刘德绪，字寿绵，北京人，出身于世家望族，不但世代书香，而且历代做官，是皇室内务府人，极为富有。父辈弟兄三人，只生了刘寿绵一人，三家的财产均由他一人继承。家住西直门大街，如果把他家的房产排成一行，可以有大半条西直门大街那么长。他自幼吃的是山珍海味，穿的是绫罗绸缎，受的是良好的教育，过的是养尊处优的日子。他体格魁梧，爱笑，一副善相。他以做善事为乐事，常常舍财捐资，发放冬赈，兴办粥厂，成了远近闻名的大慈善家，大家都叫他"刘善人"。

1926年，刘寿绵已46岁，他的生活突然起了变化，他竟出家当了和尚，连他的夫人杨氏、大女儿和养女都当了尼姑。此事的前一年，他的独子骑马到城北去调查贫民，准备施放冬赈，不幸落马亡身。刘寿绵受了极大刺激，遂看破红尘，诚心信佛。他本人皈依现明法师，在广济寺出家，受具足戒。他的夫人和两个女儿住在新街口蒋养房的一座叫万善寺的小家庙里。他的房产和全部家产也随之出了手，一半是他变卖的，另一半，或许是一大半，是被别人骗去的，因为他不善理财。变卖得来的钱大半都用在放赈恤贫上，办了粥厂，买了过冬的煤球、棉衣。短短几年的工夫，宗月就变成了一个一贫如洗的穷和尚。入了秋，他身上还是一件破夏布道袍。但就是这个穷和尚办了不少公共事业，被人们称颂不已。他办过贫儿学校，办过半日学校，办过养老院，办过通俗宣讲所，办过地方自治，办过牛痘站，办过图书馆，办过佛教杂志，收养过灾童，为街道筹款安装路灯、添置土车，等等。总之，他的钱财全部用在了穷人身上和公共事业上。从他的性格看，他走上避世学禅之途，似乎是必然的；但是，从他的生活习惯上看，大家以为他不过是乐于施舍，而不会断然出家当和尚。他居然受戒，而且如此苦修，令所有的人感到大吃一惊。大家并不知道，他对佛究竟有多深的了解，可是有一点是确信无疑的，那就是，他知道一点，就实践一点，绝对的言行一致。他的一贫如洗，他的苦修，他的毁家济贫，都是这言行一致的结果。他做得是那么自然，他做得是那么彻底，在短短几年内，他就成了一位威信极高的受到普遍爱戴的大和尚。就连许多思想激进的人，虽然并不同意他的所作所为，以为他的施舍只不过是在延长穷人受苦受难的历程，从根本上并不能改善穷人的处境，却还是非常敬佩他的品格。他的真诚，他的无我，他的完全为着穷人，感动着一切接触过他的人。他的崇高人格和博大胸怀征服了所有的人。在他身上，人们仿佛看见了"佛"。

宗月和尚因为德高望重，曾被派往北京的大庙去当住持，譬如法源寺、柏林寺等。可是，他的所作所为并不受寺庙的欢迎，很快就撤回了对他的任命。在柏林寺当住持的时候，他一反寺庙惯常的做法，不以扩大庙产为宗旨，而是想方设法变卖庙产，分给穷人。他把柏林寺在城外的大片香火地分给了当地的佃农，告诉他们：以后不必向庙里交租，如果愿意，在过年过节时到庙里来进香，顺便带点新鲜的瓜果黍薯就成了。这个办法救了那些吃不上喝不上的贫苦佃农的命，却得罪了寺庙。僧人纷纷主张快快免去对宗月和尚的任命，将他赶出柏林寺，以确保庙产的完整。最后，只得把一座小庙给了他，这便是鹫峰寺，又称卧佛寺。它虽是一个古刹，很有些名气，却非常小，而且没有多少庙产，在城外没有香火地，绝对不怕宗月和尚再搞"土地分配"。

宗月和尚住在鹫峰寺的后院西房里，屋里只有一张木床和一张方桌，全部家当不过是一床破被和一个枕头，没有褥毯。墙上全被他七歪八扭地写满了偈句，徒弟们不得不为他每年把房间彻底裱糊一遍。他吃的是盐水腌白菜帮子就窝窝头，穿的是破鞋破衣，而且一如既往，入了冬还穿着夏布道袍。可是他的面孔还是那么红亮，笑声还是那么响亮，每天出出进进，忙得不亦乐乎。徒弟们背着他，攒了钱，为他缝制了一条里外三新的棉裤。他早上穿着出去了，晚上回来的时候，却变成一条破单裤，问他："您的新棉裤呢？早上不是穿着出去的吗，师父？"他说："我那条旧的呢？快，快，找出来！新的我脱给人家了。"原来，早上去广济寺的路上，人力车夫们争着要拉他送他。他坐在车上和车夫聊天，问长问短："家里老太太怎么样？闺女怎么样？上次坐车没给车钱吧？今天给你三块，你快回家给老太太瞧瞧病，下午别拉我了。"宗月和尚发现车夫还穿着单裤，便叫他停下来，把帐子放下来，让他钻进车帐子里去，把宗月和尚脱下来的新棉裤穿上，宗月自己则换上车夫那条单裤。徒弟们听了，无可奈何，向他喊道："旧的已经拆了、洗了，没有了！"

其实，经过宗月和尚手的钱并不少，种种捐献，种种化来的缘都常常送进他的小庙。可是，宗月和尚决不允许他的徒弟动用。他的施舍方式使他永远负着债务，这些进款自然是要首先还债的。他坐的人力车经常被人拦住，"快，快，老和尚来了，快向他赊一口棺材吧"。问清缘由，宗月和尚便写一张便条，让这位求救的苦人到某某棺材铺去，赊一具棺材埋葬亲人。赊的账自然是记在宗月和尚的名下。宗月和尚圆寂之后，北京几家有名的棺材铺都还各有一大摞他签的便条。后来，他的徒弟们替师父慢慢地偿付了一部分，其余的也就不了了之了。类似的还不清的债在别处还有。譬如说在药铺，也还有不少。

逢年过节，在徒弟们的鼓动之下，也要打打牙祭，因为都知道师父很尊重民俗风情。春节时，煮饽饽（即饺子）端上来，要师父先尝。宗月和尚问："好吃吗？""好吃！好吃！"徒弟们一齐回答。"好，好，快，快，快给西直门城根××胡同××号西屋的王大妈端去，她还没有煮饽饽吃！"这样，煮了一锅又一锅，全让宗月和尚送给了穷人，他自己一个也没吃，有时，害得徒弟们也吃不着，白忙活。

在徒弟们的记忆中，宗月师父的最高生活是到西直门外高梁桥畔的小饭铺去就餐，吃的是芝麻酱面，拌黄瓜丝，外加一碗一角钱的干丝汤。"芝麻酱面啊，最高生活！"说的人和听的人都落了泪。

日本人占领北京的时候，一些和汉奸们有勾结的慈善机构，譬如劝善堂、同缘会等，纷纷请宗月和尚出山，给他两百元的月薪。通通被他退回，虽然，他是那么穷，那么缺钱。他只向徒弟们简单地说了一句话："将来，不好办。"江朝宗、王克敏等人请他，他也不去。日本人请他出访日本，说是为了庆祝"满洲国"成立十周年，他推辞。日本军官要为他修庙，他不修。伪满洲国"皇帝"要请他去当"国师"，他还是不去。宗月和尚的父亲是内务府人，北京城的黄带子们没有不认识他的，他却从来不招他们。他总是那句话："将来，不好办。"可是，当卢沟桥事变突起，战地乡民涌向北京城内的时候，宗月和尚自告奋勇，担任佛教临时救济会常务理事，兼交际股员，兼救护队总指挥，兼难民讲法师。他四处奔走，汗流浃背，舌干唇焦，为无家可归的百姓做了许多好事。此事刚告一段落，有人自南口来，说南口战场上，山上山下，留有许多抗日烈士的尸体，无人掩埋，惨不忍睹。宗月和尚听后，号啕大哭，发誓要去掩埋忠骨，他说："我不入地狱救度众生，谁去救度！"遂终日奔走，发起成立战区掩骨队。他自任埋尸队队长，挑选了收留的灾童16人，作为队员，凑捐了粮食，打着掩骨队的旗子，直奔南口而去。那时已临冬季，西北寒风刺面，山路又崎岖，十分艰苦。宗月和尚师徒走遍了整个战场，每埋葬一具战士尸骨，便诵经超度，祈祷冥福。遇见山涧内滚下的尸体，便用绳索将小徒弟系下山涧，将尸骨捡入筐内系上，不忍让一具尸骨不经掩埋。遇到日本兵的尸骨，宗月和尚也一一加以掩埋。整整一个月，掩骨队共收埋了三千具尸骨。回到城内，全队和尚蓬头垢面，破衣破鞋，无一例外。而宗月和尚终因年事已高，过度劳累，又极度缺乏营养，体力大衰，咳嗽不止，病倒在床上。偏偏此事被日本人察觉，大惑不解，以为必有更深的用意或者组织联系，遂将宗月和尚逮捕。宗月和尚全无惧色，泰然处之，日本人无计可施，而北京市民知道这事之后，许多人自愿出来为他作保，终于使宗月获释。

宗月和尚的爱国热情不仅使他在民族存亡问题上极度入世，而且往往做出种种超出佛门戒律的行为。一名镇守古北口的营长有一次入城买书，到鹫峰寺拜见老和尚，两人谈得非常投机，营长当场叩头拜师，皈依了佛门。事隔不久，营长将全营士兵一齐带到鹫峰寺，请宗月和尚讲话。宗月和尚得知这是一营即将开赴抗日前线的战士，便即席发表了一篇热情洋溢的讲话。他说："杀一救百，不犯杀戒；拯救众生，是功德；为了民族，不要怕；要勇敢，佛会保佑你们。"他的一席话，说得年轻战士们个个热血沸腾，士气大增。营长下令：向老和尚行军礼，向后转，齐步走，在佛的保佑下，直接出城，奔赴沙场。

宗月和尚提倡广结缘，提倡心灵净化，提倡报恩，提倡念经，提倡赎罪，提倡一律平等。凡是请他讲演的，不管是什么场合，他全去，包括监狱、看守所，也包括基督教会、青年会。他从不要讲稿，开口就说，深入浅出，通俗易懂，都是大白话，又全是他自己的思想。佛门内有的宗派公开反对他，以为他所说的带有浓厚的个人色彩，而且往往离经叛道，不合法规。他并不反驳，哈哈一笑，自嘲地说："是他们请我去的，又不是我自己要去的。"依旧是到处跑，来者不拒。一次，大军阀吴佩孚到广济寺参佛，要拜现明法师为师。众人为难，不知如何是好，如果处理不当，随时都会引出这位著名刽子手的杀机来。现明法师派人快快请出宗月和尚来，认为唯有宗月和尚的出身、长相、经历、学识和威信，才足以制服这位喜怒无常的将军。不出所料，宗月和尚一出场，马上命吴佩孚跪下："叩头，叩头，罪孽太深啊，罪孽太深啊！"从气势上一下子把吴佩孚震慑住，吴只得听从和尚的摆布，使广济寺躲过了一次大难。后来，吴佩孚还为广济寺的大雄殿题写了匾，就是被周恩来总理后来视为好的反面教材的那块。周总理说：刽子手一只手杀人，另一只手捧经，绝好的讽刺，应该保留这匾，可以教育后代。这事倒是为当年宗月和尚巧对吴佩孚留了一个意外的纪念。

每逢阴历四月初八，宗月和尚都要煮上一些豌豆，撒上一些香菜叶，装入小篮，在大街小巷里挨门挨户发放。就是遇上一些达官贵人，也照样拦住："伸出手来，伸出手来，接结缘豆！结缘不结怨！结缘结缘！"人们望着这个慈眉善目的穷和尚的奇怪举动，只感到有些可乐，但无人拒绝。吃着他的小豆，口中也不觉地喃喃出"结缘结缘"来。

正是这种结缘向善的精神使宗月和尚广结了许多朋友，而且不少人都成了他的莫逆之交，像天津的周叔迦先生，基督教北京青年会的舒又谦先生。他的崇拜者中也不乏有名的学者和作家、艺术家，像藏书家卢松安先生，画家刘凌沧先生、马晋先生。作家老舍先生自幼便把刘寿绵大叔当作自己的恩人，假如不是刘大叔拉着他的小手亲自送他进私塾去识字，而且替他买了课本、笔墨和上学穿的衣裳，他恐怕也和成千上万的念不起书的满族小孩一样，当一辈子文盲。宗月和尚圆寂之后，远在大后方的老舍先生专门为他写了一篇感人至深的悼念文章，题目叫《宗月大师》。在结尾的地方，老舍先生是这么写的：

> 没有他，我也许一辈子也不会入学读书。没有他，我也许永远想不起帮助别人有什么乐趣和意义。他是不是真的成了佛？我不知道。但是，我的确相信他的居心与苦行是与佛极相近似的。我在精神上物质

上都受过他的好处，现在我的确愿意他真的成了佛，并且盼望他以佛心引领我向善，正像三十五年前，他拉着我去入私塾那样！

这就是宗月大师。
这就是高僧大师的道德精神力量。
这就是宗教的牺牲，常人是做不到的。
而这一切，又是多么令人肃然起敬啊！

（原载《北京奇人录》，北京出版社1992年版）

寂寞的爱山人凌叔华

生在大城市,长在大城市,是大家闺秀,却爱山,而且嗜山如命,真是一大矛盾。怪得很。

这个矛盾却是实实在在地存在。

此人便是凌叔华。

凌叔华有三部短篇小说集,都赫赫有名:《花之寺》(1928)、《女人》(1930)、《小哥儿俩》(1935)。这三部小说集,量虽不多,却奠定了凌叔华在中国现代文学史中的重要地位,使她成为二三十年代几名最有成就的女作家之一。她擅长写高级知识分子和都市里的儿童,笔调细腻,一看便知是出自一位高雅的女作家之手。

读过这三本书的人,绝想不到她还有爱山的癖好。

又过了25年,凌叔华在新加坡出版了一部散文集,以她的房宅的名为书名,叫作《爱山庐梦影》,才彻底披露出来,原来她是一个爱山如命的人,一辈子就爱山,老是傍山而居,像一名中国古代的隐士。

其实，真正的转折点是抗日战争。这场战争完全改变了凌叔华的生活方式。战争，当然，同样地改变了几乎所有中国现代作家的生活方式，但是，对凌叔华的影响却大到足以使她看起来判若两人的地步。在这之前，她是"新闺秀派"；在这以后，她成了"隐士"。

几年前，我在中国现代文学馆的书库里，发现了一本小薄册子。土纸本48页，1944年5月在桂林出版，题目叫《作家生活自述，附战后中国文艺展望》，署名"老舍、茅盾等执笔"，是《当代文选》的第二种，由熊佛西先生主编。书中一共收了33位大后方作家的"自述"和另外22位作家的"谈话"，是一份极有史料价值的文献。其中有一篇凌叔华的自述，也很重要。因为，抗战时，关于凌叔华，不论是自己写的，还是别人写的，都极少。这一篇是填补空白的。

它的结尾是这样写的：

> 我是个有山水癖的人，战争原是该咒诅的，但这次神圣抗战却与我这样幸福，使我有机会与山水结缘，我该感谢谁呢？

这篇文章，对凌叔华的爱山癖好来说，恰似一篇自白书、一份宣言书。此说一出，不可收拾，完全无法停下来，而且越写越好，到《爱山庐梦影》，达到了顶峰。

《爱山庐梦影》是现代文人写山写得最好的一篇。这么看来,那篇写于四川乐山的《自述》倒真像是一条起跑线了。此头一开,便源源不断"流淌"起来,成了"流",成了"派"。

我常常这么想,凌叔华是最后一位中国的文人隐士。

以前的文人,由孩童时代起,就被父母不断地培养起对山的爱。他们背诵的诗歌中,对山水充满崇拜,有不计其数的妙句。他们看见的图画,每两张里便有一张是描绘山川之美的。他们听见的音乐,多数是以高山流水为主题。总之,差不多全部中国古典文化的精髓都包括在对山对水的热爱里。一个人,由小时候就被灌输了一脑子对山水的爱,长大了,不管他走到哪里,总是追求对山水的贴近,望着名川大山的美丽,脑海中浮现出无数名诗名句,便有了最高享受的满足。

凌叔华恰恰是被这么培养起来的一个人。她的外曾祖父是广东的大画家。她小的时候,她父亲曾把这位大画家的画,郑重地送给她,要她好好收藏,说是非常珍贵的作品。那是十幅山水画。她父亲本人也是一名画家和书法家,早年中过进士,当过高官,晚年退出政界,画画写字,以文会友,自得其乐,从打扮上都像一位古画中的老夫子。他头戴斗笠,白色长衫拖及脚面,下面是一双布鞋,清瘦的脸上蓄着稀疏的长须,由里到外,都是一副隐士的飘逸潇洒。正是这位文人气质十足的父亲,在众多的子女之中，发现第十个小女儿凌叔华颇有绘画天才，在她六岁的时候，便为她请来了启蒙绘画老师，教她画画。她的绘画老师都是著名的画家，先后有王竹林、郝漱玉、缪素筠，后者是晚清的宫廷画师，教过慈禧太后画画。这些画家不光教她画画的技法，更重要的是教会了她欣赏中国画意境的秘密，使她能在秋天的山水暮色中看出笔墨后面蕴藏的热情，又含蓄又奔放。

所有这一切，有如种下的种子，到了凌叔华40岁的时候，突然之间开花结果。因为，正在这时，凌叔华才真正地住在了山上。四川乐山的真山真水的灵气给了她无穷无尽的感受，由少年时就造就了的中国文人气质便大放异彩，迸发出大爱，难怪她要"感谢"那可咒诅的战争了。她觉得仇十洲或者唐伯虎的山水画就横在眼前，她觉得陶渊明的"采菊东篱下，悠然见南山"的意境就在身旁，她觉得最享福的是午后沏一壶茶，坐在万绿丛中，读书、写画，以为是神仙帝皇都该嫉妒的了。

从此，她成了一名名副其实的爱山的人和写山画山的人。

然而，她是最后的，也是孤独的。

所谓最后的，是说在她之后，不会再有这样的人了。时代不同了。时代仿佛在凌叔华之后关上了大门。时代使中国文人远离名山大川，投身于火热的斗争之中和建设之中。教育孩子的教科书也不再是仇十洲、唐伯虎和石涛。

时代真的在凌叔华之后画了一个句号，凌叔华成了最后一个活标本。

可爱的活标本，在她身上，中国文人的一切气质都是活现的，具体的，味儿十足的。

她又是寂寞的，孤独的。

因为她出了国，一气儿在国外住了44年。没有了故国的朋友，没有了故国的山山水水；只有外国的山和她相依为命。

她所到之处，她住的地方，都有山，不论是在伦敦，还是在新加坡，或者是别的什么地方，幸亏是这样！

于是，她便写山，画山，在写山、画山中寄托她的乡思。

于是，她写了自传体小说《古韵》。她常常生活在回忆之中，因为在回忆中有故乡的亲人，在回忆中有故乡的山。这本英文书直到最近才由我年轻的同事傅光明翻译成中文，在台湾出版。这是一本研究凌叔华必不可缺的书。它很有韵味，像它的名字。

我曾在一篇题为《凌叔华最后的日子》的小文中记述了她落叶归根的情景。她的最后一抹惊人之笔是发生在去世前六天，她要求抬她去北海，她要看白塔，看小山，看垂柳，看湖水。那时，她已虚弱得连一支笔都拿不住了。医院满足了她的要求，把救护车开进了公园，抬她到湖边。她落了泪，她说："山湖美……柳树美……白塔美……"

一个真正爱山的人啊。大概，不会再有第二位了，我想。

凌叔华去世之后，她的独女陈小滢要求朋友们帮她料理后事，特别是要我帮她在设计陵墓上多出点主意。陈西滢先生在老家无锡有一块坟地，"文革"之后依然保存着。陈小滢想把父亲陈西滢先生和母亲凌叔华先生的骨灰并葬在那里。她决定出钱重修陈氏墓园。她的孝心备受赞赏。无锡地方当局积极支持她的这个孝举，欢迎两位著名的学者、作家、游子的遗骨归根故土。

我向陈小滢建议，在合葬墓前除了墓碑之外，可再立一块墓志，选四句话，作铭刻其上。这四句话是：

一句陈西滢先生自己的话；

一句别人挽陈先生的；

一句凌叔华先生自己的话；

一句别人挽凌先生的。

最后确定取钱穆先生一句悼陈西滢先生的话和王世襄先生一副悼凌叔华先生的挽联。凌叔华自己的话则摘自《爱山庐梦影》的结尾。无锡陈氏墓园恰好坐落在一个小山丘上。于是，刻在墓志上的凌叔华的话便是：

我从小就爱山；凡我住过的地方，几乎都有山。想到这一点，我更觉得对面的山谷对我的多情了。

墓园修整完毕，墓碑立好，陈小滢偕丈夫由英国回来扫墓。她在北京顺访了中国现代文学馆，很郑重地拿出四张她妈妈的小画，都是裱好的，赠给文学馆，说这是去年约定好的。她要完成母亲的遗愿，整理母亲的遗物，将其中有文学艺术档案价值的分期分批地带回来，将来专门在馆内为她成立一个"凌叔华文库"。

说来也巧，凌叔华的四幅小画竟非常具有典型性，是典型的中国文人画。一幅是兰花，题为《王者之春》，画于1957年，于裕廊山上（新加坡）；一幅是《古韵》的自画插图，画于1952年，如今已是一幅名画，因为画的是她想象中的北京老家；一幅《康特春画》，完全是一幅中国画，画的却是英国山水，远方树丛中有两座教堂的尖顶。"康特"又译作"汉士德"，在伦敦，是山地，凌叔华一直住在那里。在《爱山庐梦影》中她有过这样优美的描写：

> 平日倒常常到汉士德山林散步，我想最令人留恋的，还是秋天吧？那里一堆一堆的树林，经了霜，变得红、黄、紫、赭各种颜色，在高高低低的山丘上点缀着。天是格外清朗，可爱得有如意中人的双眸，映在远远的粉白古式屋宇及尖顶若佛塔的教堂，游人三五散落在林间泉畔，意态潇洒，很像一幅画。我摘一把野菊花，两三枝经霜的秋叶，走回家去，增加了心中无限诗意。

这段文字简直可以做那张小画的解说词了,许多处都对应得起来。

第四张画画得最早,画于1949年,题为《瑞士董湖附近留志》。这是凌先生随陈氏前往瑞士开会时画的,更是一张地道的中国山水画,不看标题,绝想不到那是瑞士。

还是应了凌叔华自己的话,她留恋过瑞士少女峰附近的高山,留恋过翡冷翠的平山,但相别之后,从来没有梦见过。在她的印象中,欧洲的山,殊为淡漠。

她心中独有故乡的山。

所以,她笔下的山,竟全有故国的山模样。

陈小滢还赠送了凌叔华的一本小速写本给文学馆,是活页纸本,上面有凌先生的速写稿画,一共五幅。画的是英格兰的湖区。

对湖区的这次旅游,她也有过记载:"记得我最后的一次正在深秋,各山都被黄楸树装点,清澈的湖水,被蔚蓝的天空衬托着。我背着画囊,行吟其中,有如仙境。当时我真的决定把伦敦的寓所租出去,买一间小房在'草海'村享受一两年清福,可是我回到伦敦,这计划便也烟消云散了。"

难能可贵的是,速写本上还有诗,题为《湖区杂记》,完全是手稿,每首都有两稿。

这些诗稿大概从来没有发表过。它们把诗人晚年的苦苦的思乡之情披露得淋漓尽致,感人至深。唯其如此,尤为珍贵。现抄录为首的两首于下：

湖区杂记

（一）

故乡有些好湖山，
年年苦忆何时还。
尽是相思不相见，
且描图画作消闲。

（二）

重重叠翠映湖光，
幽径闲行草木香。
且作江南山水看，
梦回依旧是他乡。

这小诗绝对是老人的心声。我全明白了。我落了泪。

我看见了寂寞的爱山人内心的凄楚悲凉，同时也看见了她的内心里的汹涌狂潮。

我终于明白了爱山的力量。

爱山就是爱家乡，爱祖国的大地，爱它那古老的文明。

爱山能产生艺术！

一股多么伟大的精神源泉啊。我非但不敢轻视它，我对爱山的人肃然起敬了。

【附】 抗战生活自述[①]（凌叔华）

早晨坐在灶下烧粥，偶然望到外面朝雾笼着远近山头，篱笆外的竹丛下不知何时长出不少高高低低的新枝，已高出我们的屋檐了。篱外一片湿翠，蒙着乳色的雾衣，另有一番可喜景色。这时我不禁悠然吟哦石涛的诗"新长龙荪过屋檐，晓云涂处露尖峰。山中四日如十月，乌帽凭栏冷翠沾"。这诗好像为我此时作的。

同小滢吃过早饭，她上了学，我便将洗碗锅的油水浇院中种的蔬菜，顺便打点窗口外几株菊花。说来好笑，我的种菜，有大半理由为的欣赏它的颜色。已经是初冬天气，在四川的白菜青菜却特别青绿得好看。如果敷色写生，我想用头二三绿及头二三青以及石绿花青种种着菜畦，立在篱下望着朝雾初消的远景：乌尤凌云诸山在装点着银色的岷江与大渡河，宛如一幅仇十洲或唐伯虎的秀丽的山水画横在目前。我想引起陶渊明"采菊东篱下，悠然见南山"名句的烟思波里纯也不过如此。想着这一点我会忘掉操作的疲劳及物价高涨不已的忧惧。在扫地洗衣时我很兴致的诵读渊明的诗。

今年夏天岷江边的房子满租，我们便搬到万景山上的小房子来，这是一座附廊的小房，旁有废庙万佛寺，我们的房子筑在寺旁古坟堆上，好在左右均有古木细竹，把

[①] 此标题系编者所加。

乱砖荒草芟除，却也多少寻得出倪云林画意。自从滢出国后，常常终日也没有客来；我一个人走出走入，不觉得冷清。树上鸟语细碎，篱外猫狗相斗，有时反而觉得太过热闹了。我觉得最享福的是午后沏一壶茶，坐在万绿丛中自由自在的读我心爱的书，写我所要写的画，这是神仙帝皇该嫉妒的意境，我在这时常不禁油然谩诵石涛的：年来踪迹罕人世，半在山乡半水乡……

我是个生有山水癖的人，战争原是该咒诅的，但这次神圣抗战却与我这样幸福，使我有机会与山水结缘，我该感谢谁呢？

1943年11月于乐山

（原载《香港文学》1992年第8期）

北京"二金"

"二金"者,金受申和金寄水两位先生也。

二位都是北京的奇人。

当然,二位都是北京真正的旗人,很典型的满族文人。

他们,有说不完的故事;他们肚子里的故事多,关于他们二位的故事本身也挺多。

差点把我们家烧了的金受申

金受申先生是我们家的老朋友,他比我大得多,可是我们是平辈,因为他是我父亲的学生。

金受申在方家胡同小学念过书,当时这个学校便是公立的,叫京师第十七国民及高等小学校,校长叫舒庆春,年方19岁,就是后来成为作家的老舍先生。他当校长时,金受申正在校,所以,他一辈子都管老舍先生称"舒先生",即使后来他们成了同事,依然这么叫,是"老师"的意思。他管我母亲叫"舒师母",这就更明白无误了。

小学之后,金受申升入北京市第一中学,校长是罗常培(莘田)先生,罗先生约父亲去一中教国文,于是父亲又成了金受申中学时代的老师。

有了这个底子,他们的交情自然很深。

解放初,金受申日子难过。一是没有正式职业,没有固定收入;二是政治上不受信任,常遇到"说说清楚"的对待。

父亲便想方设法把他调进北京市文联,说:这可是个顶有用的人!

说"想方设法",一点都没错,总之是颇费周折。

所以,金受申先生参加工作的工龄很"短"。

他上班时,极老实,少言寡语,低头来低头去,很用心又很轻松地对付交给他的编务,十分称职。

下了班,判若两人,尤其是二两二锅头下肚,便非常活泼,仿佛方显出英雄本色来。

他是北京民俗掌故专家,北京犄角旮旯儿的事,没有他不知道的。二两小酒下肚,便开篇。他眉飞色舞,听者也津津有味,而且天天可以有续篇,且听下回分解,真正的一千零一夜。

一来二去，他捣鼓出一本小书——《北京话语汇》，真小，像本小学生词典那么小巧，可是，编得真好，很专业，很有用，把《红楼梦》《骆驼祥子》里的北京话词汇当作词例，让人一看就明白。1964年再版时，还请老舍先生作序，成了一部畅销书。

其实，金受申的著作早在解放前就不少了，散见在北京的报刊上，差不多都是谈北京风土人情的，他相当博学多知。

大约就在出版《北京话语汇》之际，老舍先生开始写他的长篇小说《正红旗下》。此时，他已少用北京方言和土语，估计这部《北京话语汇》对他已不会有大用，可是，他抓住金受申不放，因为他需要金受申在民俗掌故方面为他把关。《正红旗下》写的是满族人的事，而且是1900年清末年代的事。写作中常有些小关节疑点吃不太准。那个时代的风俗习惯恰好是金受申的强项。金受申是个活字典。

老舍先生写东西喜欢朗诵。每写几段，必约几个好友相聚，香片茶伺候。然后，进房去取稿子，坐下来开始朗诵。念到得意之处，常常自己先受了感动，不觉为自己叫一两声好：这儿好！有劲！

他很自信，但是，他又是一个顶顶谦虚的人。朗诵的目的：一是看看自己念着顺不顺嘴，二是请大家挑错，提意见，他再去改。

这是一种他梦寐以求的创作境界，不过，以前难以实施，写文卖钱，等米下锅，常常等不及仔细推敲；加上年轻气盛，提笔成书，绝少反复修改。解放后，创作环境大有改善，于是，写，改，朗诵，再改，再朗诵，再修改，便成了习惯，是一种新的创作方式。

写话剧的时候，他的朗诵对象是"人艺""青艺""儿艺"三大话剧院的导演和演员们，轮流着来，或者他自己上剧院去。写小说《正红旗下》的时候，朗诵对象是他的作家朋友们，最多的，便是金受申。看那架势，他是把金受申当成了他的民俗顾问了。常常是只朗诵给他一个人听。念完了，两个人久久地讨论，聊起来没完。到了吃饭的时候，或者是有什么吃什么，或者是一起出门下小馆，在饭桌旁继续聊。

有一回，是一天下午，父亲睡完午觉已经出门去了，母亲也不在家，家中空荡荡，只有我和妻子两人。来了客人，沈彭年，一位曲艺作家，和金受申，一前一后地进院了。两个人，不知是在哪儿刚喝了酒，都是微醺状态。坐在长沙发上，金受申掏出烟来，抽烟，喝茶，开聊，像在自己家里。金受申患严重的类风湿症，双手变形得很厉害，手指伸不直，佝偻着，半握空拳，永远举在胸前，不大听使唤。头总要向前伸，去够手中的烟卷儿，别扭归别扭，烟照抽无误，而且是一根接一根。

抽够了，喝足了，聊完了，告辞，两人倚立歪斜地出了门。

过了差不多半小时,忽听妻子大叫:"不好啦!着火啦!"

呵,客厅里满屋浓烟,由门里、窗户里往外冒。

妻正往屋里跑,手中端着一大盆水。

幸好,没有明火,人还进得去,真呛!

终于发现,冒烟点在沙发上,泼,往沙发上泼水,一会儿,便水淹七军了。

是金受申方才把香烟头顺手塞在沙发坐垫的缝儿里。

第二天,老舍先生在市文联见着金受申,拉着手说:"好嘛,您昨天上我们家放火去啦!"

金受申张着嘴,莫名其妙,不知道"舒先生"开的是什么玩笑。

前年,北京市政协文史委员会替已故的金受申先生编辑出版了一本书,是解放前他的文章的汇编,名字叫《老北京的生活》,非常叫座。

是个奇才。

小王爷、作家金寄水

金寄水先生是多尔衮的后裔,是睿亲王的第十三世长孙,生在外交部街的睿亲王府里,是"启"字辈的。

他生得晚,没有运气世袭当王爷,可是他在王府里度过了儿时的十年,王府里的贵族生活他赶上了个尾巴,已是残灯末庙级别的了。就是这,还是给了他大量民初时期失势的王公贵胄生活的实际体验。他曾代表家族领衔骑马坐轿出城去上坟,前呼后拥,浩浩荡荡,很威风,因为这一路上他说了算,虽然尚不足十岁。那时,他家里还有太监。

破了产,丢了府,成了平民,可是有一样不变,那就是仍然有很高的文化素养。家里依旧要供他上学,他的诗词歌赋都好,字也写得漂亮,还会画画,是个很像样的文人坯子。

他一贫如洗,卖文为生,当编辑,老老实实,规规矩矩,没有任何污点。日本人要他去"满洲国"继承睿亲王的世袭王位,他断然拒绝;虽然,他一天难饱三餐,他极爱国,正直,体质文弱,但能挺着腰板过日子。

解放了,他也翻身了,有了正式的工作,参加了大众文艺创研会,成了《说说唱唱》《北京文艺》的编委,是老舍先生的部下。每期《北京文艺》的定稿清样都是由他送到家中,老舍先生看完了,再由他取走。他是我家的常客。

他很寡言,平时一声不吭,内秀。

他招人喜欢,外表永远干净,一肚子学问而不外露,谦恭之极,是少有的老好人。工作自不必言,一丝不苟,极端负责任,大概相当于文职官员中的"张思德"吧,不挑肥拣瘦,不声不响,一头埋头干活的老黄牛。

"文革"后期,我和他又恢复了交往。他住在崇文区豆腐巷马连良先生的故居里。他和他的儿子只有一间极小极窄的西房,爷儿俩头顶头地躺在两张铺板上,除此,仅有桌子一张,凳子两把。来了客人,彼此要侧身相让才能到达房子的腹地。看他的住地,就知道在"文革"中他也吃过大苦,全只是为了那身不由己的出身。

他详细地告诉过我老舍先生被斗的经过,他是目击者。我感激他,使我听到了真话。

他当时在校订李时珍的《本草纲目》,为什么,哪儿来的任务,我全然不知,只知道他又在默默无闻地做好事。舔干了伤口,擦净了血迹,一如既往,又卷起袖子干开了。

春节时我去看望他,在东城离建国门不太远的一个小胡同里,仍是一间小房。这时他在搞《京剧剧目辞典》,又是一个大工程。我去的时候,他还没起床,仍是独身。起床之后,对着镜子梳头,梳得仔细。他留大背头,一直梳得一丝不乱。我方知道,经过这么多折磨,他不乱方寸,在外人面前,依然有板有眼,一派绅士风度。

这次,他兴趣很高,自告奋勇要替我们家老夫人做"一肉两吃"的牛肉菜。问他什么叫"一肉两吃",他说把牛肉切块后先煮清汤，留汤做第一道牛肉汤，然后把肉块另加佐料做"罐焖牛肉"。说着拉着我就要去买牛肉。我提醒他，大过节的，都关门，没有卖牛肉的，他始作罢。接着又大讲用茶叶包饺子吃的奥秘。他说上好的茶叶，如碧螺春，如龙井，都能当馅儿，搅在肉馅儿里，品味极佳。

到底是王府出来的，满肚子的食文化，而且能自己动手，其乐无穷。

我到中国现代文学馆工作之后，他也搬了家，在紫竹院西面，香格里拉大饭店对面的高知楼里，和于是之、汪刃锋等为邻，和我也成了邻居，站在他的房间里，能瞧见万寿寺的庙脊。他有三室一厅，终于有了比较好的工作条件，感到十分宽慰。我看他墙头上挂着刚写的诗，桌上放着未完的稿子。再看他本人，精神蛮不错，踌躇满志，要写小说《司棋》，由山西出版；要写王府生活回忆录，已连载发表了一部分，还要成书，有专人来记录，他口述，记下后再由他修改；还要编自己的诗集。他有一堆计划。

我求他给我引路，去看北京饭店后身的霞公府北京文联早期办公处遗址。他说："你算找对了，非我莫属，我知道你爸在哪间房子办公，在哪间房子开会，接待客人；我知道赵树理在哪间房子里住。你都把它们照下来，这是文物！"

他带着儿媳妇到万寿寺来找我，说是遛弯儿遛到这儿,进来看看。他还是衣冠楚楚,彬彬有礼,只是有点老态了,有点喘。问他有事吗,回答没事。

又到了一个春节,满族举行春节联谊会,他的儿子走过来,轻轻地对我说,他爸爸昨天已经走了,很安详。

金寄水是我见到的最后一位贵族出身的现代文人,一个非常可爱,非常儒雅,非常纯真又有学问的人。他的身上带着强烈的时代痕迹,令人惊奇的是,这些痕迹竟全是那么优秀,那么美妙,那么讨人喜欢,正因为如此,他便成了一个特殊的典型,使人们想起他来,便有一种心疼、惋惜和赞誉的感情,全绞在了一起。

"他就是文化!"对金寄水,就能说这句话,他配!

(原载《随笔》1994年第5期)

哭任宝贤

任宝贤走了。从进入追悼会场的一刻始,看见遗像上任宝贤那张欢快而年轻的脸,我的泪便不住往下淌。他的妻念他的遗嘱,我已泣不成声。他的独女任虹念她写的长篇祭文,全场抽泣。今天,几乎整个北京人艺都去了八宝山,向他们突然失去的伙伴告别。

我大哭了一场,为任宝贤,为这个和我同庚的好朋友。

任宝贤有一副好嗓子,有表演天才,有朗诵天才,可是他是最用功的人,是我见过的最刻苦的演员。假若晚上没有演出,他吃过晚饭便走到首都剧院"人艺"的办公室,在灯下独自读书,数十年如一日,包括他已成名之后。夜深了,读厌了,索性便睡在地上,第二天早早爬起来,又伏案工作。

可是他一点儿也不以有学问而自傲,总是那么谦虚,不耻下问,认真地做准备,把有关的资料都找来,直到大有心得时再出场。

三年前,他去新加坡讲学,他是讲授表演课的专家。他在新加坡大获成功。我在他寄来的新加坡报纸上看见许多报道,他不光担任导演,还担任专题主持人,在电台上,在电视上,在讲演会上,频频地出现。他所涉及的题目由戏剧扩展到文学,以弘扬中华优秀的文化传统为己任。他的博学多才有了良好的展示机会。他大红大紫。我为他高兴,他的用功和刻苦得到了应有的回报。

可是,就在这巅峰状态下,他却突然死了。

一年多前,他在舞台上摔断了腿,做了手术,腿上装了不锈钢支撑件。这对他打击很大,上不了台了。他挂着双拐讲课、朗诵、说古,依旧很忙。他向我约稿,说要给新加坡组织老舍专刊,由我打头,他来接着写。接着便寄来新加坡中文报纸,好几大版,连载,他写得头头是道,图文并茂。

他喜欢老舍先生的作品,演过话剧《茶馆》里的唐铁嘴和小唐铁嘴,从此迷上了老舍。他在北京的时候,继董行佶之后,在电台朗诵连播老舍先生的长篇小说,先是《牛天赐传》,从此,一发而不可收,又连续广播长篇小说《离婚》和《二马》,深受听众的欢迎。他和他的搭档女演员吕中多次到我家里来,找辅助资料,找背景材料,做了巨大的案头工作。还是那句话,没见过这么认真的人!

到了新加坡,并没把这股热劲忘掉,只要碰见老舍的书，不管旧的，还是新的，统统买下寄给我。有一回，寄回来一份马来西亚高中毕业统考的中文科试题，是一百道关于《茶馆》的试题，他说：答不上这一百道题，甭想在这儿高中毕业！接着，他又寄来一本这一百道题的标准答案，整整一本书。他不无骄傲地在信里写道：瞧瞧吧，这就叫影响！

后来他已经在新加坡定居，但以宣传中华文化为大任，决心做一个民间的文化交流使者。我当即求他回去替我拍一组老舍先生1929年下半年至1930年初逗留在新加坡时留下的有关足迹的纪录电视带。他又开始认真地做笔记，拍什么，怎么拍。我知道他为人热情，老是替别人忙，准能完成这件事。不出我所料，临别时，他郑重地说：你放心，我会用快件把带子寄回来，误不了你的事。

录像带真用快件寄来了，里面还有他本人的形象。没想到，这录像带竟成了他最后的作品，里面他本人的形象也成了他最后的留影。

回新加坡不久，他患了一种严重的皮肤病，疼痒难忍，越治越重，脸肿了，身子肿了，无法演出了，甚至无法讲课了，他绝望了，他想到死。

一个绝对认真的人，对生死也是绝对认真的。生不能选择，生活道路可以选择，死也可以选择。当他的生存不能再创造价值的时候，他便直接勇敢而冷静地面对死亡。

他悄悄地，跌跌撞撞地，爬回了"家"，像一只回窝的受了伤的老熊。

他死在自己的"窝"里。

他是天津人,家在北京,死在广州市的一个客店里。死前给广州公安局负责人留下了一封长长的遗嘱,说明了自己的身份,叮嘱不要搞任何调查,火化处理掉完事,不要告诉任何人,包括他的老妻和与他相依为命的独女。他说回北京只会浪费国家的医药钱财,没有意义。

他就这样一了百了走了。

给大家却留下了莫大的悲痛,因为又失去了一个天才演员。北京人艺这样的天才已经失去了好几个,几乎是一个类型。人们拿这些天才毫无办法,他们太有才气,太认真,太硬,太脆,一掰就断!

他活在戏里,戏是他的生命,一旦失去戏,便没了命,没戏了。他失去了根,找不到立足点,成了一个永恒的谜。

北京人艺的朋友告诉我:在回京的一次小住里,任宝贤看望了许多人,送了大量的礼品,走的时候,说:"该还的还了,该给的给了,自由了,可以走了。"

这里,应该也包括我,可是,他根本不欠我什么,不该我什么。

是我们欠着他,该着他。

"自由了,可以走了。"一句心满意足的话,却包含着一肚子的血泪心酸。

其实，大家应该把他扣下，劝他别走。北京，北京人艺，有事情给他做，以他的才华，同样可以大展宏图，就是没了腿，还有金嗓子；就是没有嗓子，还有大家的爱呀。

还是我们大家欠着他的，所以，才有了一个凄凉的结局。

懊悔，懊悔万分。

惋惜，无限的惋惜。

愿今天你的爱女的祭文，我和她的抱头痛哭，以及全场的撕人肺腑的号啕，变成一曲辉煌的安魂曲，飞到你的身旁。我们想让你知道：我们大家都爱你，器重你，可爱的任宝贤！

1994年2月22日深夜

（原载《文艺报》1994年4月16日）

何容
——台湾的语言大师

何容何许人也

何容先生诞生于1903年7月24日,河北深泽县人,本名兆熊,字子祥,号谈易,笔名老谈、何容,出于"谈何容易"。天津水产学校毕业后,考入北京大学,读英国文学。1926年大革命时,投笔从戎,随军北伐。1929年又回北大读书,直至毕业。1931年起任教育部国语统一筹委会编辑,并和白涤洲先生一起主编《世界日报》的《国语周刊》,从此开始了他的国语工作生涯。抗战时出任国语推行委员会专门委员。战后台湾光复,奉命于1946年和魏建功先生一起去台湾,担任台湾省国语推行委员会副主任。魏建功先生1947年返北平后,他任主任。1948年他和友人一起创办《国语日报》。以后,历经种种磨难,以坚韧不拔和高度负责认真的态度，始终奋斗在"国语"推产的第一线，编《国语辞典》，编国语课本，开国语讲座，搞国语文竞赛，写论述国语的文章，办国语日报出版社，开国语专修班，只要是和国语有关的，他必到必办，永远跑在最前面，多数都是白尽义务，不领报酬。在他赴台推广"国语"30周年时，朋友们为他举行了隆重的庆祝茶会，有500多人到场，并出版了《何容这个人》和《何容文集》两书，以示纪念，尊称他为"国语大师"。何容先生1990年7月5日在台北病逝，享年87岁。他著有《中国文法论》等书。身后有两卷本《何容文集》问世。

"三老"之一

早年何容以写幽默作品而闻名，他的幽默作品《政治工作大纲》得到林语堂先生创办的《论语》杂志和周作人先生的高度评价。那时，何容先生已被誉为"幽默大师"。

抗战爆发后，何容先生到了武汉，在冯玉祥先生处参加"研究室"的工作，和老向先生一起创办《抗到底》半月刊，写通俗作品，鼓动民众抗日，当选为中华全国文艺界抗敌协会的理事。

这个时候，他的两位好友，作家老舍和老向也都住在武汉千家街冯将军那里。他们响应"文章入伍，文章下乡"的号召，用旧瓶装新酒的办法，创作抗战大鼓词、抗战相声、抗战评书等通俗作品。他们三人的笔名都以"老"字起头，故被称为"三老"。他们共同的特点是：幽默、通俗，有乡土味儿。

老舍先生和何容先生两人有深厚的友谊。有很长的一段时间，他们两人共住在一间宿舍里。由武汉撤退到重庆也是同船而行。到了重庆又一同住在青年会里。老舍先生白天写作，何容先生白天睡觉夜里写作，倒相安无事，各得其所。老舍先生曾经写过两篇文章描述何容先生，一篇叫《何容何许人也》，另一篇叫《何容先生戒烟》。头一篇写得很正经，甚至有点悲凉；第二篇则纯粹是篇玩笑之作，充满了善意的幽默和自嘲，令人忍俊不禁。

因为想家，那时他们常常喝酒解愁。几十杯黄酒落肚之后，老舍先生哭，老向先生笑，何容先生骂人，以各自的方式吐露北方汉子的肝胆相照和怨恶愤俗。

"三老"时期的何容先生主要是从事文学创作，这一时期是他创作的黄金时期。在这个时期里，何容先生的文笔是最通俗、最严谨、最符合文法和最漂亮的白话文。他的文学工作和语言工作是相得益彰的。

为了纪念"三老"时期的友谊，何容先生1978年在台湾出版了一本用注音符号注音的老舍剧本《国家至上》，何容先生亲任校订,他写有一篇校订后记。这个剧本是作为"国语"练习教材免费发放的。它的出版又是一次文学和语言的相得益彰,也又是一次"三老"式的合作,虽然那时另外二"老"已不在人世。

天下第一校对

何容先生不大注意自己的仪表,虽然是一个极懂卫生的人。他不修边幅,看上去,多少有点肋赋。可是,他是个顶细心的人。对自己的文章,总是改呀,改呀,改得一点毛病也没有,方肯出手。对公事,他更是一丝不苟。早在抗战期间,中华全国文艺界抗敌协会的文件,最后必由何容先生来把关,非由他来挑错、润色,不敢对外发表。他就像最后一道保险似的,不经过他的检查,大家不放心,只要是经过他,万无一失。哪篇文章只要是"何容看过",得,必是一点"缺儿"也没有,放心吧。

到了台湾,何容先生更成了公认的词语方面的总校对,总把关。他是最高权威。

他这个权威,不是别人加封的,是他以自己的认真、负责、细心和刻苦赚来的。

在《国语日报》,他每天都要定点跑去校对当日的报纸,每天两小时,风雨无阻。

《国语日报》的出版物有一个最大的特点:每个字都有注音符号,左边是汉字,每个汉字的右边竖着加印小号的注音符号,每个字如此。可以想见,这样的报纸,校对起来该有多麻烦。何容先生亲自当校对,心细如针,他的行事标准是:由他经手的《国语日报》是保证没有错的。

他的"牌子"就是这么闯出来的,可谓"货真价实"。

正因为何容先生有这样的本事和威望,加上他的热心,有几项语言文字方面的基础工程是由他来领衔完成的,其中《国语辞典》修订耗去了他四年又十一个月的光阴。小学语文课本的编选也由他来担任总校订。

所以,大家又送给他一个美称:"天下第一校对",在这个称呼里有着多大的信赖啊。

家喻户晓　人人皆知

在一个新地方推广一种标准发音,必须有一个奋斗目标,那就是要做到家喻户晓、人人皆知。

何容先生和他的朋友给自己定下了这样的奋斗目标,用什么办法呢?

最方便的办法是给全省的人上大课,通过广播,人人来听，人人来学，上至首脑，下至村妇和娃娃。

何容先生找来了他的老朋友齐铁恨先生，他是京西人，讲北京话，又是语言学家，让他每天在无线广播电台向全省广播，教"国语"，由注音符号教起，每次半小时，由早晨六点半讲起，讲到七点，然后大家再去上班办公或上学，下午七点再重播一次。天天如此，坚持数年。

何容先生自己也上电台，他开讲《国语文》和《每日一字》两个栏目，也是一讲就是两年。

何容先生和齐铁恨先生这套办法产生了奇效。全省人，上上下下，男男女女，老老少少，都是他们二位的学生。到了广播时间，全省一切活动停摆，街上渺无人烟，一律学"国语"，争讲北京音。

时至今日，台湾"国语"里处处都留下了何、齐二位老先生的烙印。电视主持人、电台广播员、舞台演员、中小学教员讲的那口台湾"国语"发音绝对是一个模子里刻出来的，譬如，"和"字一律念"汗"，问他们怎么回事，他们众口一词：这是齐铁恨先生教的！这是北京话！好像齐铁恨先生和何容先生的话就是法律。

一种语言的推广普及能达到这种程度，可谓是登峰造极的成功了。

就这样，通过何容先生和他的语言学家集团的努力，居然人为地将台湾的语言改造了过来，从根本上铲除了日本话的影响，并在语言上实现了民族的大统一，在现代语言工作史上创下了人间奇迹。

语言成了海峡两岸统一的坚强纽带,而系带者,何容先生和他的朋友们,则成了祖国统一这一伟大实践的先行者。

眼下,人们正在为实现海峡两岸的"三通"而努力。何容先生,他如果地下有知,一定会感到欣慰,因为人们正踏着他铺垫的桥——语言桥——去实现"三通"。

这非常了不起。

有"一通"便会有"三通",因为本是同根生,说一样的话。

(原载《中华英才》1994年第96期)

老师齐申柯

俄国有机化学界有两个齐申柯,是父子兵,都很有成就,我有幸受教于小齐申柯,而且在他身旁工作过一段时间,深受其诲。

我受教于小齐申柯时,他有50多岁,已经是一个名气很大的林业化学专家了。

齐申柯的脸很别致,非常像叶浅予先生30年代画的王先生,呈倒三角形,是个长长的倒三角,而且还上凸下翘中凹,是个"倭瓜脸儿",最凹处架着一副夹鼻眼镜。他的头发稀少,谢顶,便把左耳朵上边的仅有的一点点头发蓄得长长的,稀稀地梳过头顶,一直梳到右耳朵边,若有若无地浮摆在头顶。

齐申柯教授平时极严肃,很少有笑脸,也不具幽默感,绝对是个一心扑在工作上的古板学者。他始终独身。他对女性似乎很有戒心,不喜欢和她们交往,就连考试的时候,都不愿意和女生多说两句。我们那时考试是口试制，教授随机发问，学生临场对答。教授根据学生的回答情况判分。轮到女生考试时，尤其碰到涂了红嘴唇和红指甲的女生上场，齐申柯教授往往问也不问，直接在记分本上写个"及格"，打发了事。女学生们纷纷"栽"在老夫子手里，自认倒霉，毫无办法。

听齐申柯教授讲课绝对是一种享受。他常常讲许多自己的研究方法和研究成果给学生们听。正因为如此，上他的课必须堂堂不落，一堂不能丢，丢了就损失很大而且无法弥补。

齐申柯教授的90%以上的时间是在从事科学研究。他有几间实验室，他自己课前课后总是在实验室亲自动手做研究。他的实验室一年365天从不间断地工作，即使是节假日，他的助手们和学生们，主要是博士生和硕士生们，也在工作，偶尔也有我这样的大学生前来帮忙，做些简单的辅助工作，诸如原料提纯什么的。齐申柯的实验室是出成果极为丰硕的实验室。他的科学实验工作为他的教学提供了充足的教材，成了他的活教材，讲起来生动活泼，特别新鲜。两节课讲下来，听者受益无穷，往往有胜读十年书的豁然开朗的感觉。

齐申柯的手很巧，手指短短的、粗粗的，上面留着化学试剂腐蚀的斑痕，极像一双体力劳动者的糙手，可是，多复杂的室内实验装置经他的手一摆布就都又漂亮又实用，精度还挺高。我平生见过的最复杂的实验装置都是在齐申柯教授的实验室里见到的,真使我大开眼界。它们告诉我:世上许多宝贵的东西原来都是一批杰出人物的智慧和劳动的结晶,它们的诞生地竟是一堆神奇的小瓶瓶小罐罐。

每当齐申柯在学校里做学术报告的时候,听众当然都是科学工作者,总是拥挤不堪,提问也踊跃。我挤在其间,身临其境,总被齐申柯的学问之精深深地折服。他讲演和给我们平常讲课差不多是一个风格,深入浅出,由最平常最基础的知识入手,步步深入,旁征博引,极富逻辑性,有很大的自信、自然,也有很大的说服力。齐申柯成了我们人家的骄傲,是我们林业化学界公认的"大腕儿"。

他没有硕士的头衔,也没有博士的头衔,这在教授中是极为罕见的现象。他可是许多国内外博士的导师。他的教授头衔是国家任命的。假若教授头衔也需要申请和答辩,大概,齐申柯连教授也不是,对名誉他全然无兴趣,不论怎么劝都不成。

齐申柯也没有什么特别的嗜好,不好酒;抽烟,但不厉害。领了薪水放在实验室的抽屉里,谁用都成,他用得最少。他有一辆不豪华的小车,自己开。假日里,偶尔去钓钓鱼。

这么一个功勋卓著又淡泊名利,不招人不惹事的人,死得却很惨,超乎所有人的意料。

我离开母校20多年后,我的另一位恩师来华教学,我才知道了这个悲剧。

80年代中期,当时的苏联政府执行了一项很厉害的措施,就是禁酒,用意是想根除酗酒这个民族恶习。每天都有大批的专业巡逻队出巡,碰见倒卧的醉汉就强行关进醒酒所。待酒醒后,做过检讨才能出去。醉汉如果是个领导干部,则要罢官。

有一次,在一个寒冷的秋夜,年迈的齐申柯一个人钓鱼归来,穿着长筒雨靴,披着雨衣,累了一天,走路不免有些摇晃,鼻子也冻得通红。他遇见了醒酒队。醒酒队误把他当成了酒鬼,不分青红皂白,拉上车运回醒酒所,立即投入又冷又小的单独隔离间。齐申柯一路大声争辩,毫无用处。他在小屋里面大吵大闹,竟没有人来看他一眼。声音越来越小,最后一切都安静下来。

第二天,打开门,发现他已死去。饥寒交迫,人格备受屈辱,加上高度的愤怒,老人的心脏停止了跳动。

好心的代价大到超出人们可以接受的极限,终于引来一场大悲剧。

人们的怨恨和惋惜可想而知。

一位大师就这么悲惨而意外地离开了他心爱的实验室,此时,他的实验室已经发展成国家级的专业实验基地,里面有许多优秀的年轻科学家和精良的科学设备。他站在技术前沿,领导着整整一个学科的发展。

又是一个冬夜,我在实验室加班,旁的人大多都已离去，我守在加热炉旁注视着蒸馏瓶里液体的沸腾。齐申柯教授由他的实验室出来，和他的一名助手交谈着走向实验室大门。看见我，他没有停下来，却脱帽向我致意，把帽子举在头上，眼睛在夹鼻眼镜后面闪着光，慈祥而友善。他曾鼓励我利用一切机会多多学习，好回去建设自己的祖国。我懂得他脱帽向一位异国后生点头致意的用意。我心里暖暖的，我感激他。我目送他走出大门，看他消失在门后……

想不到，他却消失得那么悲，那么凉，和他的辉煌的一生一世形成鲜明的反差。

这两种消失反复交错着出现在我眼前，冲击着我，震撼着我，令我感伤，唉，泪下来了，模糊了我的双眼……

（原载《人民日报·海外版》1996年1月22日）

大写的人
——说说阎宝航

去年,是阎宝航诞辰100周年。阎宝航的事迹,在大大小小的纪念会以及报刊上郑重披露之后,人们大为惊讶,原来他是一位大英雄。

人们只知道阎宝航先生是位东北民主斗士,是东北救亡总会的首脑人物,是张学良将军的密友和重要顾问,在我国新民主主义革命运动中有重要贡献,却很少知道他为反法西斯战争的胜利做出的杰出贡献,是隐蔽战线上的无名英雄。

1941年6月希特勒法西斯进攻苏联前夕,德国有意拉拢蒋介石合围苏联,当时驻德的中国政府外交武官得知了进攻苏联的大致日期,密传回国,国民党上层人士为此欢欣鼓舞。阎宝航当时以东北抗日领袖的身份活动在大后方,和国民党最上层的领导人有密切的交往和良好的私交,他于6月16日得到了德国法西斯将于6月20日开始的一周内进攻苏联的情报,立即向周恩来副主席做了报告,并通知了苏联驻华使馆武官,斯大林得知中共中央传递的消息后,立即紧急做了战前应急布置,赢得了几天极为宝贵的备战时间,避免了一些战争突发损失,为此,斯大林于当年9月曾致电中共中央表示感谢。

1945年苏联红军根据《雅尔塔协定》,在战胜德国法西斯之后,准备挥师东下,阎宝航又及时地向苏军提供了完整而详尽的日本关东军在东北前沿的军事防设图,苏军按图索骥,不到一星期,便将关东军经营了十几年的防线极为准确地一一摧毁,为最终逼使日本天皇无条件投降做出了决定性的一击。

1995年11月1日俄罗斯驻华使馆根据叶利钦总统签发的命令在北京向阎宝航先生追赠了世界反法西斯战争胜利50周年纪念章,同时接受奖章的还有当年协助阎宝航获取情报的几位战友和部下。

接着,在北京,连续三次为阎宝航先生举行纪念活动,其中两次的主题是歌颂他的上述两件伟大的历史功勋,感叹那光荣的勋章整整晚来了50年。辽宁人民出版社为纪念阎宝航出版了由张学良将军题写书名的《阎宝航纪念文集》,同时还出版了《阎宝航》画册。在阎宝航先生家乡,海城中学一座以阎宝航命名的中学图书馆正式剪彩落成。此外,在沈阳"张大帅府"中也开辟了"阎宝航纪念室",并展出了几十幅阎宝航和张学良的肖像画。以上这些文献资料和书画有一个共同点，就是它们都具有很高的可读性和可视性，非常感人。许多年轻人拿到或看到这些资料，爱不释手，流连忘返，有的还通宵达旦，直至念完，感动得热泪盈眶。他们自动地集合起来，开讨论会，发誓要继承阎宝航这些老一辈革命家的事业，好好学习他们的人品，做一个堂堂正正的有道德的有追求的有作为的青年，决不虚度年华。

我深深地被这些事情所感动，深切地在阎宝航身上体验到精神力量的伟大。哪里会有比这还好的机遇和典型！简直是天生的好材料，虽然它迟到了整整50年。

阎宝航事迹的伟大和感人处恰恰不局限在上述两件了不起的功勋上，他的一生充满了故事，有说不尽写不完的内容，他的穷苦出身，他的宗教背景，他办的贫儿学校，他的留学生活，他的"阎家老店"——重庆时期东北籍进步人士对阎家这个民主聚点的爱称，南来北往的中共地下党员和东北流亡人士把它当作自己的家，他的追求进步，他的智勇双全，他的人道主义，他的幽默，他的死……这是个大写的人，这是个由无数渺小汇集起来的巨大，这是一个真正含义上的活样板，而且处处都有极大的传奇性，生动鲜灵，能在不知不觉之中感化人，教育人，激励人，鼓舞人。

我主张把阎宝航的事迹编成电视剧，让广大观众都能受到伟大精神力量的感染。

榜样的力量是无穷的，精神财富的价值是无价的，这不，又是一个我们"自己的"英雄，而且他有世界的知名度，要懂得珍惜，懂得崇拜，懂得让它发力。

（原载《中国人事报》1996年5月7日）

作家画家高莽

高莽多才多艺，他写作，当编辑，从事翻译，搞研究，还画画。他的拿手戏是给作家们画速写像。他已经积累了两百多位作家的速写画像，差不多都有作家的亲笔签名，这是一绝！

列宾爱给俄国的大作家画像，徐悲鸿也爱给大作家画像，可惜，到了当代，人像画有点衰落，只剩下不多的几位还愿意继承那光辉的传统，仍热衷于此道，默默耕耘，而且成就不小，高莽是其中的一个。画人像画似乎有点费力不讨好。反正，认定要走这条道的，必得有点真本事。高莽的本事就不小，他不靠"默写"和"追记"，他爱写生，走到哪儿，画到哪儿，找准了对象，不敢说画一张像一张，反正，画不像决不撒手，有股子韧劲儿，日久天长，练出了他的"一招鲜"——眼到手到，抓住特征，几笔就传神。

高莽占了一个好领域，他专画作家。他自己是作家兼翻译家，认识许多中外著名作家，不论是开会，是出差，还是聊天，全是机会。光是巴金先生他就画过十回。茅盾先生也不下五六回。速写画多了，高莽开始创作大画，绝大多数是水墨画，用毛笔画在宣纸上。高莽自己有定义："我的画，不是西画，不是国画，但，是历史，反正是纪念。"他觉着：和大作家们有幸生活在同一个时代，不留下点他们的形象，是个罪过，也对不起后代。到目前为止，这种大幅的作家水墨肖像，他已经创作了20多幅，外国的和中国的作家大约各占一半。外国作家中有井上靖、野间宏、亚马多、加西亚·马尔克斯、艾特马托夫、叶甫图申柯、格拉宁等。高莽的画，加上作家本人的题诗、题词和签名，显得既别致又珍贵，还常常带有小故事。巴金先生从来不为别人用毛笔题词，面对高莽为他创作的画像，他沉默了许久，突然走到桌前，提起毛笔写下那著名的俏皮话："一个小老头，名字叫巴金。"

今年春天，当中国现代文学馆庆祝建馆五周年的时候，高莽拿来了20多幅大水墨画，又拿来了80多张小张的速写画。加上王晖和詹建俊作的油画像，文学馆办了一个有趣的展览，命名为"作家肖像画廊"。不少中外作家前来参观，大家一致叫好。萧乾先生很感慨："难得。把胡风先生画下来了，不容易呀！"这个展览便成了文学馆里一个常设的观光重点，很叫座。

高莽为作家画像，越画越上瘾。作家们对美术往往有独到的见解,有时,只一两句,却使高莽大受启发。一边画一边谈,还能了解作家的脾气秉性、爱好和情趣。茅盾先生看过高莽画的鲁迅像之后,用铅笔密密麻麻写了四五页长信,使高莽深受教益。老舍先生看了高莽为他画的速写,说:"你把我画得愁眉苦脸,再画一张笑的吧。"还问:"你喜欢关良的画吗?"巴金先生说:"画人物,画他突出的一点"……高莽把这些话记得牢牢的。他觉得,那一两句话,往往比他那一张速写画,分量要重很多,够受用一辈子的。难怪,他上了瘾。

近来,高莽的作家画像又有了两点新发展。头一点:每画一像,必精心作一篇小文章,用最简练的言语把自己对这位作家的研究心得写在画面上。两三百字,只求其精,只求其准,把文学和美术,把创作和研究,紧密地结合起来,让观众对这位作家有更深的理解。高莽在自找苦吃,这两三百字可费了他的工夫,花的时间居然比画像多得多。第二点新发展是:高莽开始画"画"了,而不完全是画肖像。纪念孔子诞辰2450周年时,高莽创作了一幅孔子像,题目叫《托尔斯泰夜读孔子》,画的是这两位大师正在灯下聊天呢。

说不定,高莽一高兴会给我们画一张高尔基访问中国——《鲁迅和高尔基聊天图》,等着看好的吧。

(原载《文汇报》1990年8月16日)

我眼中的写家梁凤仪

梁凤仪是个写家，名符其实。英文Writer，俄文ицса-Мелъ，照直翻译过来，都是"写家"。"写家"和"作家"讲的是同一种职业，听起来却有不同的含义。"作家"给人一种神圣感、崇高感，而"写家"却世俗得多，仅仅是一种职业，和木匠、拉车的差不多，是一种谋生之道。

"写家"是必须每天写的，和木匠每天做活、车夫每天拉车一样。

梁凤仪是每天写的，称她是"写家"，凭的是这一点。她走上文坛时间很短，四年而已，成绩却斐然，出版了50部著作，平均每月一部，而且很轰动，成了畅销作家，荣获了1991年度香港作家大奖。

她的这种速度是难以令人相信的。

两年前，头一回和梁凤仪见面，是在一次宴会上。席间一位大出版社的年轻女编辑滔滔不绝地大谈她读梁凤仪小说的感想，说着说着，她突然问作者某一部小说的女主人公为什么要那个样子，梁凤仪茫然，竟答不上来，笑笑，说："我不记得。"此语一出，四座大惊，包括汪曾祺先生在内，都瞪着眼睛看她，梁凤仪却坦然，说："这是常有的事，写得快，忘得也快，而且我也没有时间念自己出版的东西，忙着往前写。"

北京人讲话"茬住了"。写得太多，彼此搅在一起，分不清。

梁凤仪自己还举了例子。明明前面写父亲死了，写到后面忘记了，又复活了，读者问怎么回事，只好让报纸编辑受委屈，登更正，说误把"母"字印成了"父"字。

有香港朋友来现代文学馆参观，我指着书架上的梁凤仪著作说："我这儿有她的一套，她出一本赠送一本，很全。"不想这位朋友神秘地说："未必是她的！"

言下之意，她有一个"厨房"，有人给她打下手，有帮厨的。我说："我倒是偶然有机会接近她，我的判断，的确是她写的。"

朋友说："愿意洗耳恭听。"

我便讲了下面的故事：

某日，梁凤仪约我到贵宾楼去谈出版《冰心九旬文选》的事，我如约前去，是一个早上，大概九点半钟。

敲了门，她在里面大叫："等一等，请等一等。"

她连连道歉，说屋里乱七八糟，还是到下面去吃早茶

259

吧。一看就知道,她刚刚起床,刚刚漱洗完毕。临起身,却找不到眼镜了,她自己大笑说自己忘性大,说自己"老了"眼花了,离不开老花镜了。于是,两个人在房间里大找眼镜,她去洗手间找,我在书桌上找。她说她已经在书桌上找了一遍,没有。我发现,稿纸摊了一桌,是她开夜车的成果,最上面一页,标着页码,是170多页。她不用电脑,全凭手写。写多了,右手中指上磨出了膙子,厉害的时候,还磨破了皮,流血。

我还补充说:"梁凤仪有迟到的毛病!"

"何以见得?"朋友问。

我说有两次遭遇,我如约准时前去她下榻的饭店见她,坐在大厅里干等,却不见她来。两次都是过了半小时,她才飞跑而来,一再道歉,说要先把当天的专栏文章写完,用电传送到香港。专栏是不能落空和断档的,何况,她的每日专栏并不是一个,多的时候是八个,每天必须供稿不止,不管走到天涯海角!

哪来的什么"厨房",哪来的什么打下手的。

梁凤仪自己也知道,她的快速引来不少怀疑。她说她的大学同学最能给她打抱不平。大学考试可以举手要白纸,如果考卷上写不下的话。只见梁凤仪一会儿一举手,要纸不止;而许多同学正在心烦意乱,苦于无词。他们说:"这个梁凤仪真讨厌!"

所以,他们相信,后来那些小说散文肯定是这个"讨厌的梁凤仪"所写，绝没错。

在老一辈作家中也有很能写的"写家"，最有名的要算张恨水先生了，他一辈子写了70卷作品，每一卷五六十万字，他自称他写了3000多万字，真是惊人。他也能同时写三部长篇小说。张恨水先生就是每天写作的人，他的坚守岗位赢得许多人的称赞。老舍先生就写过这样的话：

"恨水兄是个真正的职业的写家：有一次，我到南温泉去看他，他告诉我：我每天必须写出3000到4000字来！这简单的一句话中，含有多少辛酸的眼泪呀！想想看，一年365天每天要写出这么多字来，而且是川流不息地一直干到30年！难道他是铁打的身子么？坚守岗位呀，大家都在喊，可是有谁能天天受着煎熬，达30年之久，而仍在煎熬中屹立不动呢？所以，我说，他是'真正'的职业写家。"

老舍先生自称"写家"，也是一个差不多天天都写作的人，他写的这些话，一是表示他对张恨水先生30年如一日的敬佩，二是完全出自肺腑之言，也道出了自己的苦衷。

这苦衷，也是梁凤仪的。

不管怎么说，梁凤仪大可受到尊敬，凭了她的天天写，凭了她的每天几千乃至上万字，凭了她的高度发达的生产能力，凭了她的始终饱满的激情。

难能可贵的是，这激情，除了像上满了的发条一样，让她每天笔耕不止,还让她有大同情心。

她用惊心动魄的笔描述了破产银行门口泣不成声的老者,他的钱里每一张撕开来都滴着辛劳的血,而就此前两天,政府还出面保证,不会有问题,不必去提款。

就这么一笔,足以说明,梁凤仪的作品不是风花雪月,不是儿女情长,它们极贴近生活,是非很鲜明,而且敢说敢为,十分仗义,有劲。

梁凤仪的眼睛能在细微处着眼,穿透力极强,抓住要害,一针见血,信笔写来,皆成文章。

梁凤仪的眼睛厉害。

她有瘾、有为、有追求。

(原载《文论报》1993年4月1日)

访百岁老作家苏雪林

中国女作家多长寿者，在大陆有冰心，在美国有谢冰莹，在台湾有苏雪林，在英国有凌叔华，后一位以90岁高龄已于1990年谢世。

去年9月，我在台湾访问，台南的成功大学中文系马森教授约我去讲演，我听说苏雪林教授就住在成功大学里，便一口答应了，目的是讲演完了顺便请马教授带我去看望这位老作家。

我知道，苏雪林是健在的中国作家里最年长的一位，把大陆、台湾、海外的全算上，她排老大。她比冰心先生还大三岁多，今年99岁，称得上是百岁老人。

苏先生住在校园里的一个独门小院里。几间北房是小平房。我们进屋的时候，她正一个人看报呢。她的嗓门很大，一口安徽老家的乡音。她耳背，几乎完全失聪。我只好笔谈。我在纸上写，给她看，她照直回答，倒也一点不碍事。老人非常健谈，记忆力很好。思路也很敏捷。

她一个人过，生活还能自理。原来有老姐姐和她做伴，后来老姐姐过世。上午有一位李太太带着买好的蔬菜来，帮她打扫房间，做两顿饭。常有学生来看望她。她桃李满天下，已经有好几代门徒了。我们谈话期间，就有一位女教授来献鲜花，说是台湾的教师节快到了，特来向老师谢恩的。

我问她还写作吗，她说近两年不大写了。我问她还有猫吗，她说没有了，没有精力了。我曾经读过她写的一篇收养野猫的趣文，给我留下了深刻印象。我们谈老舍先生，谈他在武汉组织的"抗敌文协"，苏先生曾参加过"文协"的活动。我们谈武汉大学，谈珞珈山三杰——袁昌英、苏雪林、凌叔华，谈袁昌英在"文革"中的遭遇。她和昌英先生有深厚的友谊，谈着谈着她便动了大感情，谈到愤慨处用词很犀利。

苏雪林早年两度留法，学过绘画，研究过神话，钻研过古典诗词，对屈原、唐诗、辽金元文学都有过专著，写过中国文学史，是个大学者。她同时又是一位知名的女作家，自1928年起开始结集出版散文、小说、戏剧和评论，在早期的新文学女作家中占有重要一席。她很有个性，见解独到，自成一家，她激烈的批评引起过许多学术争论，思想观点尽管不同，但是她治学和创作的严肃认真，强烈的民族自尊和责任感却是受到一致公认的。

我请她签名留念，发现她手并不抖，凭她的手劲和洪亮的嗓音,她的确活得相当结实,有如苍松劲柏。

我回到北京之后,收到苏先生托成功大学中文系秘书赖丽珠小姐寄来的怀念袁昌英的长文,以及在《文坛话旧》中的《幽默作家老舍》一文。年底,又收到她寄来的刚刚出版的《苏雪林山水》画集四套,上面都有她的亲笔签名和印章,其中三套是要我转送给她的老朋友冰心先生、萧乾先生和钱锺书、杨绛先生的。算起来,这个画集是她的第42种作品集了,前41种全是文学类。从"编者后记"中看出老人的极端认真劲儿依然不减当年,真是达到了令人敬畏的程度。

近年来,苏雪林先生的生日每次都被当作重要的喜庆日子,过得很热闹。昨日接到林海音先生自台北写来的信,谈到今年的情况,特抄录于下:

> 本月24日是苏雪林大老百岁生日,她又摔坏臀骨,住在医院,大家(北部的)南下,据说或许她可坐轮椅到校接受祝贺。此老倔强一生(我认为是她可爱处),她虽耳重听,行动不便,但是五脏六腑都很好。她和郎静山先生(104岁)是我们文化界的两宝。你们实在也应当写写啊!

那么,我愿以这篇来自更北边的小文,和林海音诸先生一道,向中国文坛的老寿星苏雪林拜寿。

祝她生日快乐!

硬硬朗朗的!

1995年3月22日于北京

（原载《人民日报·海外版》1995年4月11日）

周仲铮：人生如圆

15岁的女权运动者

周仲铮还是个少女的时候，单枪匹马，演了一出轰轰烈烈的女权运动，成为轰动一时的"周仲铮事件"的主角。

她出生在一个非常富有的家庭。祖父周馥清官至两江和两广总督，显赫一时。他创办过天津水师学堂，著有20卷文学作品。他的子辈也都各有成就。周家遂成为安徽望族，其中三位后来定居天津，又成为天津名门。周仲铮的父亲中过举人，当过国会议员，又是纺织界的大实业家，领导过纺织总局。周家不仅官高财茂，而且是大家庭，规矩多讲究大，对女孩子有种种约束。大院高墙之内封建宗法礼教不知摧残了多少活泼的生灵。同样的命运也等待着小小的周仲铮。

时代毕竟不同了。受"五四"运动的影响，天津出现了两名叛逆的女性，她们弃家出走，到法国去勤工俭学。她们的名字是张若名和郭隆真。此事深深感动了周仲铮，她想当第三个叛逆者。

周仲铮想走出家门，到学校里去上学。按照当时的规矩，女孩子是不能外出上学的，只能上家塾。

父母严厉地拒绝了周仲铮的请求。周仲铮向当时天津的进步报刊《新民意报》编辑部求助，得到著名女权运动家李峙山的同情和帮助。李峙山答应协助周仲铮由家中出走，条件是必须随身带些钱出来，否则难以孤身在社会上立足长久。

周仲铮以父亲的名义偷偷地由银行提取了500大洋，乘祖父病逝父母忙于办丧事的良机，由家中溜了出来。腋下只夹了一个小包袱，里面装了300大洋和几件内衣。银圆实在太沉，她拿不动，暂放在姐姐处200元。姐姐和弟弟是她的同盟军，他们答应等她离去之后再将她的一份请求上学的声明信拿给父母看。李峙山连夜托朋友将周仲铮转带到北京，住在北京大学的一名女大学生处。

周仲铮的父亲在天津报纸上登了一则启事，谓嗣母日夜思念女儿，望女儿见报后立即回家，上学的事好商量，报是周仲铮的姐弟二人寄来的，还有附信，信上说："你可千万别回来！"因为姐姐和弟弟偷听到了父母的对话，父母对她的出走盛怒至极，此时此刻，周仲铮如果坚持不住，回来定会不见天日。

最有趣的细节是周仲铮居然公开和父母在报上打开了笔仗。她在报上发表短诗一首："寒风刺我着衣单，午夜挑灯坐不眠。有志不为难苦退，女儿一样似儿男。"母亲的回诗是："鞋样将来比短长，挣挣犹自为儿忙。谁知汝志真坚决，求学心诚不念娘。"父亲的诗是这样写的："求神问卜何复能，都道归来十五前。匆匆今朝已十五，依然骨肉未团圆。"

到底一家子全是知识分子！

一时间，天津《新民意报》上沸沸扬扬，全是评论周仲铮事件的文章，多数是站在她这一边的。

眼看就快过年了，天气极冷。周仲铮一个人躲在女青年会的宿舍里，坚持着，煎熬着，对立着。

眼看时机渐渐成熟，周仲铮又发表声明一则，提出回家的三个先决条件："一、姐姐和我立即上女中，以后上大学，如有可能还要出国学习；二、姐姐和我有决定自己婚姻的自由；三、父母应立即送姐姐上女中作为同意的保证。"后来周仲铮又补充了第四条："回家之后，双亲不要再谈论此事，也不要对我横加指责。"

周仲铮胜利了，父母同意了这四条。姐姐考入了天津女师。考试那天，全校500人都出来一览姐姐的风采，因为她是周仲铮的姐姐。

弃家出走三个月之后，周仲铮回到了天津的家。

这一年，周仲铮才15岁。

三级跳，跳到了法国

继姐姐之后，周仲铮也顺利地考入了天津女子师范，成为一名住校的女生。

学校附近有一所达仁小学，校长是《新民意报》总编辑马老先生。李峙山也在那里任教。他们二位都是妇女解放和社会改革的先锋。他们的同事中还有邓颖超、许广平、张晓梅，后来都是大名鼎鼎的妇女领袖。周仲铮结识了她们，常向她们讨教。为了出入学校自由，能有更多的机会去达仁小学，周仲铮和姐姐又由住校改成走读。父母自然很喜欢这个决定。

周仲铮很快就把几门成绩比较差的必修课补上了。她开始名列前茅。她的作文全班第一，常被当成范文朗诵。她的英文也常常得第一。

天津女师已满足不了周仲铮的求学要求，她想入天津南开大学。南开是严范孙和张伯苓创办的天津最好的私立学校。可惜，南开不收女生。

周仲铮联合了12位女生，上书张伯苓校长，呼吁建立南开女校。呼吁书的起草者便是周仲铮。

张校长接见了12名请愿者。他赞同她们的意见，说天津要有一个很好的女校，这非常必要。可惜的是，筹措资金有很大的困难。不过他说，容易解决的事他反而兴趣不大。他感谢小姑娘们给了他决心，他要为创建女校而奋斗。

母亲建议她求父亲写信给严范孙先生，看看能否进南开大学读书。

父亲的信起了作用，张伯苓校长答应她当旁听生，一年后，补入学考试，入学考试合格，可以转成正式生。

系主任则提出了更严格的要求，说周仲铮应选修七门功课，门门及格之后，才有参加入学考试的资格。

周仲铮搬到女生宿舍里住，发奋苦读。七门功课门门考试及格，严厉的系主任脸上有了笑容。入学考试也门门通过。周仲铮成了正式的二年级生。

两年后的一个暑假中，周仲铮来到北京看望病中的女友。女友告诉她，她的弟弟和另一位男同学9月份将赴法国留学。女友突发奇想："你若能和他们俩一起去法国，那该多好！"

这个想法深深地打动了周仲铮。她又开始为此而奋斗。

周仲铮天天找母亲左磨右泡，终于使母亲同意传话给父亲。父亲的第一个回答是必须先在国内找好未婚夫，第二个回答是必须去英国爱丁堡，第三个回答是必须学医。

周仲铮高兴得跳了起来。

9月份她如期启程，和两个男同学一起登上了远航的轮船。

不过，她一没有在国内找好未婚夫，二没有去英国，三没有学医。

她去了巴黎，学的是政治学。她的兴趣在搞社会改革，要让中国有一个清明的政治环境。

周仲铮在临行前向张伯苓校长告别，张校长说：你来，我给你看一样东西。

这是一栋新大楼，是南开女校，可以容纳300名女生上课。楼里挂着12名请愿女生的合影。张伯苓老校长对周仲铮说："没有任何障碍我们不能克服，没有任何困难我们不能战胜。你具有这种精神，你会达到目的！"

1933年周仲铮毕业于巴黎大学政治系，成为第一个毕业于该校的中国女子。

她达到了她的目的，实现了由天津女师到南开大学，再到巴黎大学的三级跳。

小舟在光海中扬帆

1936年，周仲铮再度出国。她成为巴黎大学文科博士。

1951年，过了不惑之年的周仲铮又开始在汉堡艺术造型大学学习美术、雕刻和陶艺。

1957年她用德文写作了自传体长篇小说,起名《小舟》。

"小舟"是"小周"的谐音,而且寓意很深、很美。

1959年《小舟》被选为联邦德国最优秀的青年读物。它的袖珍本一版发行四万册,以后又再版过五次。《小舟》有八个不同的版本,除德文本之外还有英、美的英文译本,有法、意、比文本,还有瑞士的德文本,1986年又有了中文版本。

继《小舟》之后,周仲铮又用德文创作了《幸福十年》《金花奴》《小彩鱼》《树王》《海阔凭鱼跃、天高任鸟飞》等五部著作,她被吸收为联邦德国作家协会会员。

周仲铮自己用木刻为《小舟》作了12幅插图,粗犷、简练、有意境,显然受到德国木刻的影响,也深得读者的喜爱。

与此同时,周仲铮的美术创作也和她的文学创作一起腾飞,像两棵并立的大树,在德国艺术园地里,生气勃勃地生长起来,令人瞩目。

周仲铮的画属于现代派,这符合她的性格,她喜欢独创,喜欢出新,永不满足于已有的。

周仲铮的画有中国画大写意的韵味。她喜欢用毛笔蘸墨作画,画的却是西洋的抽象派,别具一格。

周仲铮常用她的现代派画笔描绘中国唐诗里的意境,

《十二楼》是这方面的代表作。

周仲铮的画色彩鲜艳，常常是五彩缤纷的。她把色彩当作她的音符，用色彩唱歌。

所有这些，都使她的画极富个人特色。观众纷纷前来参观她的画展，要看看一个东方人是如何熔古今中外于一炉的。

她的画展几乎走遍整个欧洲。她先后在科隆、巴黎、罗马等地获得金质奖和银质奖。各地的高层人士以出席她的画展为一种特殊的荣耀。人们知道在美洲住着一位叫张大千的人。在法国住着一位叫潘玉良的人，也知道在德国住着一位叫周仲铮的人，他们都是中国人，都是同时代的人，都是大画家，彼此又都是好朋友，而且，他们的画都被认为是属于全世界的作品。

把一切都送回中国

如果把周仲铮的生平划分成三个阶段的话，那么，第一个阶段，少年和青年期，是以争取妇女解放为其主要特点的；第二个阶段，成年期，则是以追求文学和艺术上的完美和独创为其主要特征；第三个阶段，老年期，则是以爱国恋乡为其主要标志。

第三个阶段始自1978年,自那以后,她已四次回国访问。

她走到哪儿,捐到哪儿。捐画、捐书、捐钱。其中比较突出的是捐给天津艺术博物馆近300幅画,捐给北京图书馆一大批德文图书。

她许了一个愿,每年要给国内不同地方的图书馆,用自己的钱买外文书,寄回来。她已经坚持了十几年。

其实,周仲铮并不是一个有钱的人。她是自由职业者,靠稿费和卖画为生。她没有自己的私房,至今住着政府房。平时,她和丈夫省吃俭用,把钱攒起来,全部用来给国内图书馆买书。她知道中国的现代化需要知识,用这种办法来帮助中国实现现代化或许是一个远在国外的老人最佳的选择了。

不仅如此,周仲铮开始慢慢地向国内寄赠她的各种有纪念意义的物品,仿佛在做着叶落归根的准备。

当她得知中国现代文学馆为她设立了一个"周仲铮文库和画廊"之后,加快了她的赠送速度,也加大了赠送的范围。文库和画廊开幕式于1988年10月8日隆重举行。周仲铮和丈夫克本远道赶来亲临揭幕式。并接受了赵玮代表邓颖超大姐献的鲜花。邓大姐邀请周仲铮去中南海做客,并特别叮嘱,要她把洋女婿一定带上。

在中国现代文学馆所设的20多位作家的文库中,周仲铮文库和画廊是赠物频率最高的,也是藏品品种最丰富多彩的。

惊人之笔是，人们发现在北京西郊的万安公墓里居然有一座周仲铮、克本夫妇为自己准备好的坟墓，墓碑上刻有他们的名字，还有他们的结婚照片。真是一对快乐的诗人。

这就是说，全都会回来的：书、画、奖品、日记、照片，一切一切和她有关的东西，通通都会回来，最后，还会有她本人，而且还会"拐"来一位洋女婿。

一个整整的圆圈，70多年前由哪儿出发，70多年后又回到了哪儿，多出来的是她带回来的精美的创作和崇高的荣誉。

一个多么奇妙的圆圈！令人赞叹不已的圆圈。它的圆心是一颗炽热的心。

周仲铮小影

周仲铮，有一车故事。

她今年八十有六。18岁之前在福建、武汉、上海、天津住过，以后在法国生活了十年，回国三年后又出国，一气儿58年，入了德国籍，与德国汉学家克本结为连理，如今住在波恩。

她是作家、画家，而且名气不小，有一大堆奖章、奖状。

越老越想家，成天为中国做好事，在华侨中堪称模范。

她是自己解放自己的典型。

她是自我奋斗的榜样。

男人能做到的，女人都能做到。她是这个信条的伟大的实践者，而且是先驱者。

她长得相当矮小。

但是，她的生命证明了一个道理：只要有理想，有追求，而且锲而不舍，哪怕是一个弱女子，哪怕只有一个人，只需勇敢地走出去，去探索，去实践，去闯，必有成就。

周仲铮是奉献的化身。她证明给别人看，生命的全部意义在于为了祖国、为了人类、为了美好的明天。

于是，周仲铮的生活便充满了哲理。

（原载《中华英才》1994年第104期）

跨越半个世纪的友情

这回到台湾去,下飞机后两小时,就见到了我想见的老人吴延环,而且引出来一系列热烈的场面,一时间成为瞩目的中心,这是我事先没有预料的。

人生在世,很多事是靠自己的努力去争取的。但是也有许多机遇带有偶然性,不可预料。而这些突发的机遇又往往会产生重大的影响,影响着一个人的走向,于是便产生了许多带有传奇性的故事。

我和我的家人,跟吴延环先生就有这样的故事,一波三折的故事。

吴先生其人

刚下飞机,接待的先生们便忙不迭地告诉我:"一会儿有一个盛大的欢迎酒会，吴延环先生要到会，要找你！"

我是随团去的，头一个欢迎宴会是三个单位联合主办的，邀请了许多人参加。我们刚下车，便被团团围住，主人忙着向我们介绍，谁是谁。名字听着很熟，头一回见，自然是一番兴奋。正忙交换名片，忽然应未迟先生大叫："舒乙先生，快，快，吴先生正在到处找你！"

只见一个老人，灰白发，高大，穿一身蓝布长袍，棉的，像50年前那种，迎面进来。他张着两只胳臂，扑向我来，嘴里喃喃地问："舒乙吗？舒乙吗？"

我握住他的手，说："吴先生，是我，我是舒乙。"他把我端详了一会儿，一把将我搂在怀里，在我耳边说："我还以为你八岁呢！"

"我58岁了！"

我们有50年没有见面了。头一回见他时，我八岁，在北平。

吴延环先生已84岁高龄，他在台湾是位名人，是个非凡的人，他的非凡，还表现在穿戴上。

那一身蓝布长袍，他穿了四五十年，永远不穿西服。据说，他是唯一的。

往底下一看，嘿，一双"老头乐"大毛窝，也是50年前那种，北京都不怎么能看见了，可是他还穿着。在台湾啊，又不是冬天，而且是赴宴。

拉着我找地方坐下,他说:"咱俩坐一块儿,挨着!"

坐下,宴会主人致辞。他转过头来,和我咬耳朵,说:"我想哭。"

隔了一会儿,又说:"我想哭。"

我抓过他的手,一双很硬很老的手,轻轻地抚摸,一时找不出话来。

他悄悄地问:"你还记得我吗?"

我说:"记得,牢牢的。"

神秘的黑大侠

我八岁的时候,他是个神秘人物,曾给我留下深刻的印象,所以我记得他。

当时,他是国民党系统的抗日地下工作者,常常由重庆潜伏到沦陷了的北平来活动,行动很秘密。这一次,是1942年的冬天,他又来了,是受父亲的委托来的。我们当时隐姓埋名住在北平,在母亲的娘家,就在当今鲁迅博物馆的东边。母亲靠任教师大附中为生。我们都改姓胡,我改名为"胡小逸"。有一回,因犯糊涂,上课交卷时将"逸"字少写了"走之儿",成了"胡小兔",落下了个自取的"外号"。

他来的时候是深夜,刮大风,他戴着一顶《骆驼祥子》里刘四爷戴的那种帽子,左、右、后边和上方都有黑缎子的帘儿和檐儿,颇像扣着一口黑色的大钟。

吴先生进屋之后便和母亲小声地嘀咕。

半年以后,我们便逃出了北平,辗转50余天,到大后方重庆北碚和父亲团聚。

闹了半天,送"联络图"的,便是这位黑大侠。

经过河北作家老向先生的介绍,吴先生在重庆认识了父亲,老向是父亲在北师的同学,比父亲晚一班。他们常在一块儿喝酒。还有一位酒友,也是河北人,叫何容,字子祥,语言学家,又称"老何"。当时,"老舍老向老何"有"三老"之称,他们都热衷于搞通俗文艺,旧瓶装新酒,用曲艺的形式写抗战的内容,鼓动人民抗日。几十杯黄酒落肚后,大家开始想家,于是老舍哭、老向笑、老何骂人,哭、笑、骂的对象便是这位河北老乡吴延环老弟,他比他们差不多小一轮,正当年。

吴延环郑重其事向我父亲建议:"把嫂子接出来吧,孩子们都上学了,能跟着走了。交给我来办吧,我负责把他们接出来!"

父亲点了头。虽然,他知道,这要冒很大的风险。

吴延环在那些个风雪之夜极力劝母亲下决心出逃。他告诉她怎么化装,向什么方向走,怎么走。出北平后,不向西，相反，先向东南，到商丘，然后突然西折，进入黄泛区，那是三不管地带，容易通过，然后徒步横穿河南，进陕西，过了潼关就好办了。

到了开封一带，居然有军官来接我们，当时觉得很奇怪。后来才明白，那一带是吴延环的地盘，军官是他派来的。

受尽千辛万苦，母亲终于以一个柔弱妇女之躯带着一个保姆，三个小孩子，十件大铺盖卷儿，全头全尾儿地到了重庆，奇迹一般。

到了重庆，吴延环见到我，说我长得像"豆芽菜"。

过了50年，他在台湾见到我，大概还以为我是"豆芽菜"，说："我总以为你只有八岁！"

这便是50年前的一段因缘，应该说，吴延环先生是我们一家人的恩人。

人各有志

想不到，在餐桌旁，吴老先生又对我说了第二段因缘。

"我知道你爸要回国，连忙给他写了一封信，很长很长，劝他到台湾来。"说到这，吴延环先生当下对我发出邀请，要我上他家去，请我吃饭，并相约要详细地把这段故事讲给我听。

在台湾期间，活动日程安排得很满，一天五场、七场是常事。去吴延环家吃晚饭的那天，我记得，白天已赶场四次。第四场是拜会海基会并在那里吃晚饭。刚吃了一半，应未迟先生就来催了，说该去吴老先生家了，因为他早起早睡，过8点一定上床。于是，向主人请假告退，由应未迟和《历史》月刊的刘洁先生陪同匆匆赶赴吴宅。一出电梯，吴先生正站在电梯口等着呢，还是一身蓝布短裤褂和大毛窝。见了面，大嚷："饿坏了，快吃饭！"

吴先生取出一瓶威士忌，说："咱们喝这个，一边喝一边说。"

"我真想哭。"他还是这么开头，"为了劝你父亲来台湾，我在信里跟他说，我已经为他找好工作，找好了住房，只要能来，别的什么也不要管。"

他说的是1949年下半年。当时父亲旅居美国。6月间北京举行了第一届文代会，会上几十名著名的文艺家，受周恩来总理的委托，联名写信给住在纽约的老舍先生，盛情邀请他回国。

这是一个选择的重要关头。

吴延环先生的长信也正在这个时候送到了纽约。

"为了给老舍找一个恰当的差事，我找了梁实秋。"吴先生接着说，"我跟他商量，能不能给老舍在国立编译馆挂一个闲差，只领工资，不上班，当挂名的特约高级编审，还写他的小说。梁实秋当时是国立编译馆的代理馆长。他很佩服老舍。他答应了，说可以。接着我又找房。房子很紧张，不好找，可我还是找着了，也订了。我当时又向老舍许了愿，把太太和孩子也都接来，我愿意第二次保驾。

"可是，可是，老舍没有给我回信。他回了大陆……

"他如果听了我的，或许他不会那么死……

"我真想哭！"吴先生在呜咽中断断续续又说了这四个字。

吴老先生这番话是我始料未及的。我感到震惊。

我从未听父亲说过这件事。

这个故事的价值也许在于更能说明父亲当时的选择是多么的不容易，多么需要决断的勇气。

人各有志。

为了这个志，人各自走着自己的路，各自有喜有悲，有收获也付出代价，甚至生命。

父亲的选择和决断只能是唯一的，他后来的悲剧却是历史性的，而他的死很悲壮，像他归来一样，有着强烈的自我意识，也是志吧！

我答应给吴先生寄我写的《父亲的最后两天》，可以帮助了解死的真相。

第三个建议

吴先生拿出一大匣礼物来,要我带回北京送给母亲,里面是十盒国乐磁带。又拿出一张自己刚去照相馆特意拍摄的彩色大照片,也要我带给母亲,要她看看当年给她传递"联络图"的游击战士已经老成了什么样子。照片上的吴老仍是"板寸",是蓝布棉袍。他题了字:"絜青嫂惠存。"

临走,吴老先生说,他仔细研究了我们的日程表,认为临回大陆前还有两小时的空当儿,他要以个人的名义为全团举行一个告别酒会,要请很多台北的要人来和我们见面。

他以主人的身份,在告别酒会上致辞,简短风趣有力,他说:"作家的交流是最好的交流,不想流也要流,横的流,竖的流,由古流到今,五千年以前的东西流到现在,因此大家要多写作品,长期地流下去。"

他把我拉到身旁,对我说:"我听说你母亲成了画家,是齐白石的女弟子,是真的吗?我可不可以请她到台湾来办画展?请你回去替我约她为我画一幅画,写一幅字,给我寄来,我来替她想办法,试试看,我想我能办到。"

他的话，又让我吃了一惊。

50年里，他有过三次特别的行动，都和我家有关系。

50年里，他有过三次建议，一次大获成功，一次只有头而没有尾，一次正在进行，实现的可能性很大。

50年里，他有过三次恩情，岁月洗尽了外面的颜色，只剩下了里面的纯瓤，是赤足的纯金，是浓浓的乡情和友情。

天若有情天亦老，比起这火一样的情怀，50年又算得了什么，全化在了一捧泪里和一个拥抱里。

（原载台湾《中华日报·中华副刊》1994年7月25日）

家在语堂先生院中

林语堂先生在重庆北碚有一所私人小房，他举家迁往美国后，把它借给了中华全国文艺界抗敌协会北碚分会，由老向先生代管。

此后，这所房有许多文人来住过，最后由两家人分住，东面的一半由老向一家住，西面的一半由我们一家住。父亲老舍先生比我们住进去得早一些。母亲带着我们三个孩子1943年秋天由北平逃出来之后，和父亲在这所房子里团聚。在这里，父亲住到抗战胜利后的1946年2月，先后共两年半多。他在这里写了长篇小说《火葬》、《四世同堂》第一部和第二部、抗战回忆录《八方风雨》，还有许多短文，诸如系列散文《多鼠斋杂谈》。他戏称这所房子为"多鼠斋"，形容这儿的老鼠成灾。此外，在此期间，他还出版了短篇小说集《贫血集》。在北碚时，父亲身体相当糟，患贫血病，常常头昏，又患痔疮，还打摆子，因糙米中有稗子而患盲肠炎，住院开刀。我们抵北碚时，他刚刚出院，直不起腰来，站在路边迎我们，双手拄在手杖上，看起来，已是一位饱经风霜的瘦弱老者。

语堂先生的房子在当时的条件下是相当不错的，整整齐齐，规规矩矩，下有房基，上有洋瓦，外墙是砖的，外表呈黄色。日本人1940年轰炸时，一颗炸弹正落在离房子五米不到的地方，地上炸开一个很大的深坑，居然没把房子震垮。那时，语堂先生一家正好有回国之游，还恰恰就在北碚附近，他们正在缙云山上休息。回来一看，房子遭到了严重损坏，赶快抢修。到我们住进去的时候，炸弹坑中已种了一株槐树，直径已有茶碗口那么粗。冬日，父亲穿着长棉袍，脚踏棉窝鞋，坐在小树前留影，这是他在北碚留下的仅有的两张照片之一。

当时，语堂先生的这所房，简直就是位于乡下，四周相当空旷。前面有一个大草坪，面积足够踢足球的，草坪的另一端有一座小楼房，住着礼乐馆的几位先生。草坪的西面是大山坡，半山坡上有一条公路，由青木关、歇马场方向来的车辆经过这儿可以开进北碚镇。沿着公路向镇外方向走，没多远，左手是江苏省医学院，父亲曾在这儿割盲肠，右手是梁实秋先生的雅舍，再往前，橘林中有张自忠上将的墓。这条公路就叫蔡锷路。向镇内方向走，头一个碰到的单位便是国立编译馆。母亲后来成了它的职员，每月工资是一石谷子，带壳的。草坪的东面是一片水田，晚上无路灯，一片漆黑，田中的蛙声极其响亮。

房子本身也建在一个小山坡上，依山而建，北边和东边高，南边和西边低。从北边和东边看房子是一层的；从南边和西边看，房子是两层的。楼下还能住人。我们住进去的时候，丘八作家萧亦五先生已经住在楼下。他在淞沪战役时受了重伤，锯掉了一条腿，拄双拐。在他的小房间里，犄角处立着一把长长的日本战刀，是他缴获的战利品。那副双拐和这把战刀，使他成了孩子眼中的英雄。孩子们整天围着他求他讲战斗故事。他讲着讲着，故事就成了小说，炸弹会拐弯儿，追着人跑。他的口头语是"真要命"。于是，炮弹便在"真要命"之中不断地拐弯儿。

语堂先生的房子周围，严格地说并没有固定的界限。有一个院门，只是象征式的，有门柱而无门扇。由门柱开始，有一条有台阶的小路向上通到我家住的西半边。老向先生家不走这个门，他们走后门，后门通向东半边。房子的正面，门柱旁边，有几株高大的芭蕉，有一棵梧桐树，有两行冬青树，有茂盛的竹子，竹上常有画眉歌唱。夏日夜间，往往有暴风雨，闪电之中，看见巨大的芭蕉叶东倒西歪，仿佛整个世界都要倾倒，十分可怕。

由于没有院墙，常有入侵者。夜里有小偷会把竹竿伸进窗里，挑走家里的衣裳。随着"有贼啊"的呼叫，一家老小全都跳起来抓贼，萧亦五先生提着战刀，拄着双拐，走在最前面。等到双拐的巨大嘟嘟声响到院门口时，小偷早已逃得无影无踪。

加入侵入者队伍的还有蛇和黄鼠狼。家中养的母鸡夜里常被黄鼠狼拖走。白天孩子们在房东面的小山丘上捡到被咬断脖子的母鸡。孩子们主张炖一炖吃了。父亲未表反对，但是，他说："乱世，鸡也该死两道的！"

房子当时没有电，晚上点煤油灯，或者点灯草的小油灯。擦煤油灯的玻璃罩是父亲每天的必修功课。房子也没有自来水，用水缸，挑水，还要用明矾过滤，厕所建在竹丛中，立在岩石边上，是一个警察亭式的小阁子，走进去蹲下来向下一看，深不可测，排泄物永远不用人淘。

房子的西半边有四间房。最大的一间是父亲的卧室，兼父亲的书房，兼客厅。他的书桌面西邻窗而放，抬头可以看见西边的山坡。第二间是饭厅兼女孩子们的卧室。第三间是我和陈妈的天地。第四间是个真正的斗室，做过母亲的临时产房，小妹妹就诞生在这里。楼下还有一小间充当我们的厨房。令人惊讶的是，这所小房一直好好地保存着，现在还住着人。我曾两次回去看过，几乎完整无缺，没有变样，而且并不显得十分破旧。它现在被围在一大群建筑当中，四周环境变化较大，不走近，是不会发现它的。好在，它现在被围在北碚区区政府大院之内，所以并不难找。有了电，有了自来水，有了正式的厕所。以前是蔡锷路12号，现在是民生新村63号副16号。

在正面的墙上,已经挂了一方小木牌,上面刻着:老舍旧居(1943—1946)。

我最近还接到北碚区副区长的信,他写道:将把屋里的居民移走,辟成老舍纪念室,正式确定为重庆市重点文物保护单位。

所有这一切,首先要感谢林语堂先生,当初,如果没有他的慷慨借用,父亲一家人也许找不到一处安身之地,父亲本来已经很坏的身心状态也许会变得更糟,恐怕难以完成被他自称为"对抗战文学的一个较大的纪念品"——《四世同堂》的创作。

将来,一旦老舍纪念室正式落成,我想,应该在墙上另立一块牌子,上面可以这么写:

"此房原系林语堂先生所有,抗战时是中华全国文艺界抗敌协会北碚分会会址。"

在我们住进去之前,因为是分会会址,这里住过许多文人,都是鼎鼎有名的现代文学家,当时,他们就睡在这小黄屋的地上。

我怀念你,我的小黄屋,为了这一切。

你是我的童年。

这里有我一生中最艰苦的,但却是最好玩、最欢乐、最幸福的日子。

在这里,我天天和父亲生活在一起,跟在他的脚后到处跑,懂得了很多很多。

我盼望有机会再到这个可爱的小院子回味童年的欢乐,坐在竹枝下听画眉鸟的小夜曲。

写于林语堂先生百年诞辰之际

(原载台湾《中央日报》1995年10月4日)

文化名人故居拆不得

当前，我国的城乡面貌正在经历一次翻天覆地般的巨变，居民的居住环境正在得到空前的改善。然而，伴随好事而来的，却是本来不该发生的建设性破坏，大量优秀的传统的民族的建筑被毁，其中包括一些重要的文化名人故居。曹雪芹在北京蒜市口的"十七间半"故居，美术馆后街22号院旁门赵紫宸、赵萝蕤故居，后者曾保存有陈梦家先生收藏的最为珍贵的明式家具，均被拆除。拆除曹雪芹故居的严重性就如同拆除歌德故居、莎士比亚故居、雨果故居，最后虽然有"易地重建"的方案，但充其量建成后也只是一个十足的赝品，因为从环境到地址到建筑材料到构件没有一样是原样的。目前总的看来，破坏的势头未减，这已成为一个全国性的迫不及待需要解决的问题，仍然需要大声疾呼。

发生这些事情的原因主要有三：

第一个原因是思想上的误区。这个思想上的误区主要是指城市发展的决策人在思想上存在着错误的认识。他们把为人民服务改善居民生活条件这一宗旨和保护文化遗迹的原则对立起来，把发展和保护两者对立起来，结果是老老实实为人民服务，认认真真破坏文物。他们认识不到城市发展从来都是累进的，而不能是断代的，认识不到必须保护城市所拥有的民族的、地域的、历史的和个性的特点，忘记了鲁迅先生说过的一句名言：越是民族的东西越容易走向世界，越容易被世界所接受。他们认识不到民族团结的天生的最好纽带是历史的文明积淀，文化名人故居恰好是这些文明的载体和象征。

第二个原因是政策理解上存在着误区。有政策规定严格控制名人故居的建立。这些政策规定的精神是正确的和必要的，确实遏制了建纪念馆的攀比风和奢华风，起了很好的稳定作用。但是实践证明，这些政策执行起来存在着一个严重的误区，那就是将文化名人故居也关在了保护门之外，许多文化名人故居的结局就是成了推土机下的牺牲品，使我们在文化名人故居保护问题上不仅不能和国际惯例接轨，反而拉大了距离。所以，很有必要呼吁在政策上为文化名人故居的保护开一个口子。

第三个原因是方法上的问题。保护文化名人故居的最简单和最有效的办法是挂纪念牌的办法，只对其中最有特殊价值的和最有故事的才辟为个人纪念馆。挂牌纪念只需注明某人属于某专业、于某年月在此居住就可以了，目的在于保护它不被拆毁，将它定成文物和景点。房子内部该怎么用还怎么用，只是要善待它，维修它，该疏散人口的就要疏散，基础工程该做就做；不要破破烂烂，不要大杂院；内部该现代化就现代化，好好保护其外形和色调就成了。

对划分什么是文化名人也要有个可以衡量和界定的标准。大体是四条：一是文化范围内的知名人士，包括文学家、艺术家、哲学家、经济学家、教育家、医学家、体育家等等；二是在其专业领域内受到多数人认可和推崇的；三是为社会进步和人类福祉做出过积极贡献的；四是已故的，诞辰过了百年以上的，其故居必须是在他一生中属于重要经历阶段的。

文化的属性不同于其他，它有长期的稳定性和生命力，不像社会体制那样多变和相对短暂，因此文化是民族的象征和根，是一个民族的姓氏。文化名人是多种文化的最闪光的体现者。城市之间在和平竞赛中最后取胜的王牌是文化，那就是看你到底拥有多少历史文明遗迹，多者胜，而少者败。现在，保留的文化名人故居不是多了，而是太少。

文化名人故居就是物质的史书，它们能起托物寄情、托物寄人、托物寄史的作用。给子孙留点东西吧！

在京文学家、艺术家的墓地

墓地文化是文化中的一支,也是相当重要的一支。在西方发达国家,文化名人墓地历来是名胜景点,是朝拜圣地,也是旅游重点,几乎是人人必看的。我对北京文化人的墓地已调查了近20年。对其分布有了一个初步的了解。得到的印象是:

北京尚缺乏专门埋葬文化人的陵园;

北京现当代文化人的墓地既比较分散,又不太讲究,形制一般,优点是小巧简朴,但普遍缺少文化氛围和艺术氛围,没有个性,这和90年代之前的时代大环境颇有关系,旧社会如此,在新社会也是如此。90年代之后情况渐有好转,开始出现少量有艺术品位的墓地。

有几位大作家的墓地不在北京,如鲁迅、叶圣陶、丁玲、沙汀、艾芜等;有几位大作家没有保留骨灰,如郭沫若、巴金。

在京文人墓地相对集中在四大陵园:八宝山革命公

墓、万安公墓、福田公墓和万佛国际华侨陵园。

八宝山革命公墓里著名文化人埋葬在地下的，有正规墓穴的，共30位，其余的其骨灰盒多放在骨灰安放室内或骨灰墙上，没有墓地。

在八宝山革命公墓有墓地的著名文化人是：

作家九位

林徽因（1904—1955）　（西部）二墓区"在字组"西4（即由西边数第四位，下同）　她的墓上有一块她自己为人民英雄纪念碑设计的装饰图案的浮雕件，是个石头的原件，只缺一个小角，很雅致，而且独一无二。

闻一多（1899—1946）　二墓区"夜字组"东1

郑振铎（1898—1958）　二墓区主路西侧北部，有大纪念碑

史沫特莱（美）（1892—1950）　朱德题字　二墓区"称字组"东2

萧三（1896—1983）、叶华（1911—2001）　（东部）一墓区"荒字组"西6

安娜·路易斯·斯特朗（美）（1885—1970）　郭沫若题字　一墓区"元字组"西1

柳亚子（1887—1958）　何香凝题字　一墓区"地字组"西3

老舍（1899—1966）、胡絜青（1905—2001）　一墓

区"地字组"西11

爱泼斯坦（1915—2005） 黄华题字 一墓区西侧由南数第一排西5

戏剧家九位

史东山（1902—1955） （东部）二墓区"结字组"东8

冼群（1915—1955）、路曦（1916—1986） 二墓区"结字组"东7

陈波儿（1910—1951） 二墓区"阙字组"东1

陈怀皑（1920—1994） 二墓区"珠字组"东8

欧阳予倩（1889—1962） （东部）一墓区"盛字组"西1

程砚秋（1904—1958） 一墓区"日字组"东3、果素贞（1904—1986） 一墓区"月字组"东5

宋之的（1914—1956） 一墓区"日字组"西1

洪深（1894—1955） 一墓区"黄字组"西10

侯宝林（1917—1993） 一墓区"荒字组"西3

音乐家四位

盛家伦（1911—1957） （西部）二区"珍字组"东6

郑律成（1914—1976） （东部）一墓区"月字组"西1

沈湘（1921—1993） （东部）西二区由南数第二排最西端

赵沨（1916—2001） 一墓区西侧由南数第一排西2

美术家两位

徐悲鸿（1895—1953） （西部）二墓区"剑字组"东5

李可染（1907—1989） （东部）一墓区"荒字组"西5

学者八位

梁思永（1904—1954） 考古学家 郭沫若题字（西部）二墓区"白字组"西1

符定一（1877—1958） 文史学家 （东部）一墓区"月字组"西1

罗常培（1899—1958） 语言学家 一墓区"月字组"西2

汤用彤（1893—1964） 哲学家 一墓区"月字组"东2

董鲁安（1896—1953） 一墓区"宙字组"西3

蓝公武（1887—1957） 董必武题字 一墓区"地字组"西1

万安公墓里1949年以前埋葬的著名文人——

韦素园（1902—1932） 土区寒组由南数第二排西

1　小小的墓碑是鲁迅先生写的。应韦素园弟弟和他的朋友台静农、李何林之请，由鲁迅先生执笔写下了一段悼文："宏才远志厄于短年文苑失英明者永悼。"

朱自清（1898—1948）　土区"宇字组"由南数第二排东6碑是90年代重立的

1949年后去世并葬在万安公墓里的文学家、艺术家——

作家七位

曹禺（1910—1996）　巴金题字　土区腾组东3

戴望舒（1905—1950）　茅盾题字　上区秋组

萧军（1907—1988）　金区缃组西7

周仲铮（德）（1908—1996）　金区农组西1

陈白尘（1908—1994）　木字七（辰）组西7　墓碑是陈白尘自题的："柔情似水，意志如铁，共患共难，同枕同穴。预题与金玲夫人之合墓。1992年3月1日。"

穆旦（1918—1977）　木区二（末）组西12

杨村彬（1911—1989）　木区昃组由南数第一排东1

学者五位

王力（1900—1986）　土区往组由南数第一排西1

冯友兰（1895—1990）

张西曼（1895—1949）　周恩来题字　土区洪组由南

数第二排东5

傅惜华（1907—1970）　水区

傅懋勋（1911—1988）

此外，画家有王雪涛（1903—1982）　金区附虞组西2

戏剧家有荀慧生（1900—1968）　水区

儿童教育家有孙敬修（1901—1990）　金区附往组由南数第二排西5

丁玲母亲蒋慕唐（1876—1951）　丁玲题字　木区吕组

司徒乔（1902—1958）　廖承志题字　金区农组

溥松窗（1913—1991）　金区

郭传璋（1912—1990）

福田公墓里1949年以前故去的文人——

王国维（1877—1927）　沙孟海题字　沟南第四组"天字组"东9

钱玄同（1887—1939）　沟北第六组"芥字组"　其脚下有其公子物理学家钱三强的墓，碑上有玄同先生为三强先生在1933年双十节写的四个字"从牛到爱"

余叔岩（1890—1943）　沟南第3组"列字区"东1

杨宝森（1909—1958）　沟南第3组"列字区"西1

1949年后故去葬在福田公墓的学者、文学家、艺术家——

俞平伯（1900—1990）、许宝驯（1895—1982）　沟南6组由东数第四排中部，坐西朝东

姚雪垠（1910—1999）　沟南第三组"秋字组"由南数第一排西2

叶君健（1914—1999）　季羡林题字　沟北2组第六排西1

汪曾祺（1920—1997）　沟北2组"来字组"第二排东2

蔡仪（1906—1992）　沟南第四组"？字组"第一排东13

高元钧（1916—1993）　沟南第三组"张字组"东1

刘岘（1915　1990）　沟南第四组"洪字组"第二排东5

郝寿臣（1887—1961）

马裕藻（1878—1945）

另外，叶圣陶先生的母亲朱氏也埋在福田公墓，墓上有一小方碑，上面是叶老的题词："先母朱氏1865年6月17日生，1961年3月2日去世，葬在这个地点，立碑作纪念。碑在'文化大革命'期间被毁，毁得彻底，连一块小石块也没找着。1986年10月立这个碑说明缘由。叶圣陶敬记。"叶圣陶夫人也葬于福田公墓。

门头沟区永定镇戒台寺下有万佛园，又称中华万佛国

际华侨陵园，里面有一个名人区，是侯一民教授帮助策划的，葬有艺术家、文学家及革命先贤——

吴作人（1908—1997）、萧淑芳（1911—2005）

李苦禅（1899—1983）

孙之俊（1907—1966）

王朝闻（1909—2004）

吴祖光（1917—2003）、新凤霞（1927—1988）

吕斯百（1905—1973）

谭富英（1906—1977）

艾中信（1915—2003）

程允贤（1928—2005）

王临乙（1908—1997）、王合内（1912—2000）

罗工柳（1916—2004）

周绍良（1917—2005）

钱壮飞（1896—1935）

黎莉莉（1915—2005）

臧克家（1905—2004）

长眠在万佛园前区的文人、艺术家——

葛一虹（1913—2005）

蒋兆和（1904—1986）

裘盛戎（1915—1971）

周思聪（1939—1996）

李婉芬（1932—2000）

夏青（1927—2004）

此外数学家陈景润（1933—1996）也葬于此。

茅盾先生的骨灰安放在中国现代文学馆院内茅盾先生铜像（曹春生教授创作）之下，周围是一片芍药花。2007年茅公另一部分骨灰葬于老家浙江乌镇。

冰心先生的骨灰和吴文藻先生的骨灰安放在中国现代文学馆院内冰心雕像（钱绍武教授创作）旁的一块长方石之内，石的一侧刻了冰心先生的一句名言："有了爱就有了一切。"冰心先生的铜手模亦镶嵌在石上。方石的另一侧有一块铜质墓碑，碑文是赵朴初先生应冰心先生生前所求而书写的"吴文藻、谢冰心之墓"，冰心雕像是白色大理石的，坐姿，眼睛雕得炯炯有神，手法奇特，堪称一绝。

在北京的文学家墓地中，目前以冰心先生、茅盾先生和老舍先生墓地的艺术品位为最佳，节假日常常迎来许多献花者和瞻仰者。

梅兰芳先生1961年去世后，按其生前遗愿，葬在了香山脚下梅花山上，此处又称玉皇顶，在碧云寺和卧佛寺之间，前面是河床，背后是青山，风水极佳，墓做得很大，朴素大方，墓上用白色大理石雕了一朵大梅花。墓碑是许姬传先生题的。墓的上端葬的是梅先生的长辈梅巧玲先生和梅雨田先生。

"文化大革命"发动之后，马连良先生去世，其夫人和梅夫人商量，让老哥儿俩葬在一块儿吧，遂在梅兰芳墓的左上方山坡上很简单地埋葬了马先生。其后，言少朋先生、周和桐先生也埋在了这里。现在，马连良先生的墓重修过，已有相当改观，还有专门的小山路相通。

梅兰芳墓的左前方山坡上有徐兰沅先生的墓地。

梅兰芳墓90年代被确定为海淀区文保单位，受到当地政府和村民的保护，绿化得很好，有青松环绕，但附近连一块指路牌也没有，保护级别太低，附近农民占地严重，渐渐破坏了墓地的宁静和幽雅，亟待将保护级别升级，有潜力成为一处可观的戏剧家陵园。

京剧前辈谭鑫培（1847—1917）葬在门头沟区永定乡栗元庄村，是区级文保单位，2005年重修，是近年来维修得最好的一座艺术家墓。

齐白石先生（1864—1957）的墓地在海淀区魏公村，现在完全处在居民楼群包围之中。"文化大革命"中被毁，后来经政府重修。由李苦禅先生题写墓碑。但环境和墓地的氛围极不协调，是亟待调整迁建的一座重要文化名人墓地。譬如说，可否就近移到紫竹院公园去。

最大的文人墓是梁启超先生的墓，位于香山卧佛寺前的东侧，是梁思成先生由美国留学归来后设计的，占地较大，墓体和墓碑也较大，有矮矮的围墙保护，公开对外开放。墓的外形设计是中西结合的，是一种突破，值得继承和发扬。可惜的是，梁思成先生死于"文化大革命"中，他的骨灰并未埋葬于此陵园中。

女演员、女作家王莹的骨灰埋葬于梅花山麓,离梅兰芳墓不远。王莹由美国归来后,隐居在西山狼涧沟,埋头写作,著有自传体小说《宝姑》等。董必武和老舍曾前来探望她。"文化大革命"中她惨遭江青迫害,死于狱中。其丈夫谢和赓将其骨灰埋在梅花山麓,未立碑记。谢先生辞世后,他人目前已难以找到。

作家、语言学家刘半农(1891—1934)和先他去世两年的兄弟音乐家刘天华均葬于玉皇顶上方的一个叫南岗大木坨的小山峰上,由卧佛寺、樱桃沟方向可以向西沿山间公路开车到达。刘半农先生去世较早,是在内蒙古调查方言时染上了猩红热,回京后医治无效,英年早逝,去世时只有44岁。刘半农先生是"五四"运动健将,是最早的白话诗诗人之一,一曲《教我如何不想她》经久不衰。他和钱玄同合写的"双簧信"曾起着振聋发聩的激昂战斗作用,他也是我国最早语言科学实验室创始人。他的突然死亡极大地震惊了当时的文化界,大家极其隆重地埋葬了他。所以刘半农的墓是最好的文人墓,也是最讲究的。他有两通碑,一通是蔡元培撰文,章炳麟篆额,钱玄同书丹;另一通是周作人撰文,魏建功书丹,马衡篆额。可惜,"文化大革命"中,这两通碑都未能幸免于难,后一通断为两截,而前一通被砸成若干碎块。"文化大革命"后得以重建,请吴敬恒题字立碑,碑的背面复制了蔡、章、钱的碑文。在碑的后方一米处砌了一座七层石料构成的塔状坟墓，最顶上面水平地码放镶砌了周、魏、马氏撰刻的墓碑残件的下半段。注意看，平台地面上尚镶嵌有蔡、章、钱氏篆刻的老墓碑的碎残片。本来，新墓上还有一大块用黑石料雕成的刘半农先生浮雕像，不久，又被捣乱者敲碎。偶然被两名电视台去拍照的工作人员发现，将所有浮雕碎片用纸包好，写了说明留在原处。我得知后立刻通知正在北京国家革命博物馆举办"三刘"展览的江阴市的"三刘"博物馆工作人员，目前，雕像经修复粘贴好之后已由"三刘"博物馆收藏。由此得出一个教训：一个好墓建在郊外荒野中，虽地势风景极佳，但缺少保护和维护，在国民素质尚不高的情况下，也的确存在问题。

我曾援引佛教净土宗的话，说净土宗主张"好好地死"，别的不说，单就刘半农先生来说，他的墓确实是非常非常的好。

我也盼着别的文化名人墓变得越来越好，让先故去的人踏踏实实平平安安，也让后来人对之尊敬，以一种虔诚的态度去缅怀去亲近去受启迪，并得到心灵的陶冶和净化。说到底，文化名人墓地既是一种原真性的历史载体，又会对人们了解文艺家及其精神产品的产生有所帮助。

杰出的文学家艺术家在历史上是不朽的，这一点也要体现在他们的墓上。

2008年5月4日